Bianca

D1036568

RENDIDA AL DESEO

CATHY WILLIAMS

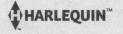

Editado por Harlequin Ibérica.
Una división de HarperCollins Ibérica, S.A.
Núñez de Balboa, 56
28001 Madrid

© 2017 Cathy Williams
© 2017 Harlequin Ibérica, una división de HarperCollins Ibérica, S.A.
Rendida al deseo, n.º 2580 - 1.11.17
Título original: Bought to Wear the Billionaire's Ring
Publicada originalmente por Mills & Boon®, Ltd., Londres.

I.S.B.N.: 978-84-9170-115-6
Depósito legal: M-24979-2017
Impresión en CPI (Barcelona)
Fecha impresion para Argentina: 30.4.18
Distribuidor exclusivo para España: LOGISTA
Distribuidores para México: CODIPLYRSA y Despacho Flores
Distribuidores para Argentina: Interior, DGP, S.A. Alvarado 2118.
Cap. Fed./Buenos Aires y Gran Buenos Aires, VACCARO HNOS.

Capítulo 1

ENTONCES... –dijo Leo Morgan-White, tendiéndole a su padre un vaso de vino antes de sentarse frente a él.

Harold había llegado hacía solo media hora en coche desde Devon. Había sido una visita sorpresa que no había podido esperar, tal y como le había dicho su padre, muy agitado, la noche anterior.

A pesar de ello, todavía no habían ido al grano. Lo que Leo no entendía era por qué no podía esperar hasta el fin de semana, cuando él mismo podía haber ido a visitar a su padre a Devon.

Pero Harold era un hombre impulsivo y pasional. Muy importante debía de considerar el asunto cuando había ido en persona a Londres, una ciudad que el anciano siempre trataba de evitar.

–Demasiado ruidosa. Demasiada gente. Demasiada polución. Demasiadas tiendas caras llenas de frivolidades –solía protestar Harold–. ¡No se puede pensar tranquilo en Londres! ¿Sabes lo que te digo, Leo? Si no puedes escuchar crecer la hierba, es que estás en el sitio equivocado.

–¿Qué pasa? –preguntó Leo, reclinándose en el sofá para estirar sus largas piernas. Posó el vaso de cristal en la mesa que había a su lado.

Su padre parecía a punto de romper a llorar. Le temblaba la barbilla y respiraba de forma irregular. Por experiencia, Leo sabía que siempre era mejor ig-

norar esos signos de explosión emocional y centrarse
en lo que tenían que hablar. Su padre necesitaba muy
poco para deshacerse en lágrimas.

Por suerte, era algo que Leo no había heredado. De
hecho, no se parecía a Harold en nada en absoluto, ni
en temperamento ni en el físico.

Mientras que Leo era alto, fornido, moreno y atractivo, su padre era de estatura mediana y formas redon-
deadas.

Y, aunque Leo era frío, conciso y seco, su padre
era muy emocional y amante del dramatismo. La madre de Leo, una española de la que había heredado su
figura morena, había muerto hacía una década,
cuando Leo tenía veintidós años. Era una mujer alta y
muy hermosa, que había heredado el negocio familiar
a la temprana edad de diecinueve años. Era inteligente
y con una astucia natural para los negocios. En teoría,
no había tenido nada que ver con su padre, pero su
unión había sido un ejemplo perfecto de amor verdadero.

En una época en que los hombres salían a trabajar
y las mujeres se quedaban en casa haciendo la comida, su vida familiar había sido lo opuesto. Su madre había llevado el negocio, mientras su padre se
había quedado en casa a escribir libros y se había
convertido en un autor de éxito.

Eran la prueba de que los polos opuestos se atraían.

Leo quería mucho a su padre. Lo miró con curiosidad cuando lo vio sacarse un trozo de papel del bolsillo.

Tendiéndoselo a su hijo, Harold bajó la vista y habló con voz temblorosa.

—Esa mujer me ha enviado esto por correo electrónico y...

—Te he dicho que debes dejar de angustiarte por

este tema –dijo Leo, sin tomar la nota de papel–. Mis abogados están trabajando en el caso, papá. Todo va a salir bien. Solo ten paciencia. Esa mujer puede luchar todo lo que quiera, pero no llegará a ninguna parte.

–Lee lo que dice, hijo. Yo... no puedo... no soy capaz de leerlo en voz alta.

Leo suspiró.

–¿Qué tal va tu libro?

–No intentes distraerme –respondió su padre con tono dramático–. No he podido escribir nada. He estado demasiado preocupado por este tema como para pensar en cómo mi detective va a resolver su caso. ¡La verdad es que me importa un pimiento el libro! A este paso, puede que nunca pueda volver a escribir. No soy como vosotros, los fríos hombres de negocios que solo sabéis hacer números y asistir a reuniones.

Leo contuvo una amarga sonrisa. Él valía miles de millones y hacía mucho más que sumar números y asistir a reuniones.

–Me ha amenazado –dijo Harold, nervioso–. Lee el mensaje, Leo. Gail dice que va a luchar por la custodia y que va a ganar. Dice que ha hablado con un abogado y, aunque Sean dejó por escrito que Adele se quedaría contigo si le pasaba algo, Louise nunca aceptó. Y ahora están los dos muertos. Lo único que importa es que el bienestar de Adele está en peligro, si se queda con esa mujer.

–Ya he oído todo eso antes –dijo Leo. Se terminó la copa de vino y se levantó, masajeándose la nuca mientras se dirigía hacia la ventana.

Su casa ocupaba las dos plantas altas de un gran edificio victoriano en la parte más selecta de Londres. Había contratado al arquitecto más prestigioso de la ciudad para reformar el espacio. Solo había dejado los artesonados de los techos y las chimeneas en su lugar.

Como resultado, tenía un piso muy espacioso de cuatro dormitorios y una prueba de que el dinero todo lo podía conseguir.

Las paredes estaban adornadas con valiosos cuadros de arte moderno. La decoración era en tonos gris y crema. Lo que más le gustaba a Leo era que el ambiente no interfería en sus pensamientos.

—Esto es diferente, Leo.

—Papá, no lo es –repuso él con paciencia–. Gail Jamieson quiere aferrarse a su nieta porque cree que es un salvoconducto a mi dinero, pero no está capacitada para cuidar de una niña de cinco años. Sobre todo, no será capaz de hacerlo cuando deje de darle dinero y tenga que apañarse sola. El hecho es que... yo ganaré el caso. No quiero tener que ofrecerle dinero a esa mujer, pero, si tengo que hacerlo, lo haré. Ella lo aceptará encantada a cambio de renunciar a la niña porque, como su hija, Gail es una cazafortunas que no duda en manipular cualquier situación para sacar provecho. ¿Tengo que recordarte las razones que llevaron a Sean a Australia?

Su padre hizo una mueca y Leo no prosiguió por ese camino. Los dos sabían cómo había sido Sean.

Siete años más joven que Leo, Sean había llegado a su puerta a la edad de dieciséis años, junto a su madre, Georgia Ryder, de quien Harold se había enamorado hasta los huesos un año después de la muerte de la madre de Leo.

Desde el principio, Sean, un chico muy guapo con pelo largo y ojos azul cielo, había sido vago y malcriado. Una vez que su madre se había hecho con un anillo de boda y había tenido acceso a los millones de Morgan-White, se había vuelto todavía más exigente y petulante. Había desatendido los estudios y, consentido por su madre, se había pasado el tiempo con una panda de vagos que habían gravitado a su alrededor como moscas en torno a la miel. Enseguida, las drogas habían entrado en escena.

Poco después de la boda, sin embargo, el padre de Leo se había dado cuenta del terrible error que había cometido. No quería que una rubia explosiva veinte años más joven que él fingiera que lo quería, cuando a ella solo le interesaba su dinero. Harold quería guardar el duelo por la mujer que verdaderamente había amado.

Leo había hablado con Sean, le había dado un buen sermón que no había servido de nada. Más bien, había tenido el efecto contrario. Dos años después, Sean había dejado los estudios. Y se había enamorado de Louise Jamieson, una chica que había pertenecido a su panda de perdedores. Por aquel tiempo, su madre, tras varias aventuras con hombres de menor edad, había roto su matrimonio con Harold, tratando de sacar la mayor tajada posible. Mientras, Sean se había mudado a Australia con su mujer embarazada.

El padre de Leo se había rendido hacía tiempo. Había dejado de escribir y no respondía los mensajes histéricos de su editor. Se había convertido en un recluso de sí mismo y solo había tenido a Leo para recoger los pedazos.

Dejada a su libre albedrío, Georgia se había gastado vergonzosas sumas de dinero en sus compras, desde diamantes y tiaras a caballos, coches y exóticas vacaciones, mientras había seguido teniendo acceso a las cuentas de su futuro exmarido. También había derrochado dinero en su hijo. Y Leo había estado demasiado ocupado con su carrera profesional como para darse cuenta de lo que estaba pasando.

Cuando, por fin, se había cerrado el acuerdo de divorcio, los ahorros de su padre habían quedado seriamente mermados. El hecho de que llevara años sin escribir, para colmo, no había ayudado.

Entonces, Georgia había muerto en un accidente de coche durante unas vacaciones en Italia. Si hubiera dependido de él, Leo habría dejado a Sean a los lobos, pero su padre, mucho más suave y bondadoso, había seguido enviando dinero a su exhijastro. Se había asegurado de que la hija de Sean tuviera todo lo que necesitaba. Había rogado que le enviaran fotos y había estado entusiasmado cuando había visto las que Sean le había mandado por correo electrónico.

Pero, cuando había intentado hacer planes para ir a conocer a la niña en persona, Sean siempre había tenido una excusa para negárselo.

Georgia había sido un desastre y su hijo, Sean, también. Y, a diferencia de su emotivo padre, Leo no iba a dejar que los sentimientos interfirieran en aquella enconada pelea por la custodia de la niña.

Ganaría porque siempre ganaba. Gail Jamieson, la madre de Louise, a quien había conocido una vez cuando había ido a Australia, no podía estar menos interesada en el bienestar de la pequeña, tal y como Leo había sospechado. Era una mujer vil e interesada. Y él no le tenía miedo.

—Dice que no importa cuánto dinero tengas para los abogados, Leo. Dice que ella ganará porque tú no eres adecuado para cuidar de Adele.

Leo se quedó paralizado. Su padre tenía los ojos llenos de lágrimas. Con reticencia, tomó el papel que su padre había sacado y leyó el mensaje de correo electrónico que había enviado la señora Jamieson.

—Ahora entiendes lo que te digo, Leo —dijo su padre, quebrándosele la voz—. Y lo malo es que esa mujer tiene razón.

—No estoy de acuerdo.

–No llevas una vida responsable –señaló Harold con voz más firme–. No en lo relativo a criar a un niño. Te pasas la mitad del tiempo fuera del país...

–¿Cómo, si no, voy a dirigir mis empresas? –se defendió Leo, furioso por que una mujer que tenía la ética de una rata se atreviera a juzgarlo–. ¿Desde el sofá de casa?

–No es eso. La cuestión es que pasas gran parte del año en el extranjero. ¿Cómo va a ser bueno eso para cuidar a una niña de cinco años? Además, no se equivoca cuando dice que tú... –dijo su padre, interrumpiéndose con un gesto de resignación y frustración.

Leo apretó los labios. Sabía que las elecciones que había hecho en lo relativo a mujeres no complacían demasiado a su padre. Sabía que Harold ansiaba verlo felizmente casado con una chica agradable y respetable que lo esperara cuidando el fuego del hogar cada vez que él regresaba de una larga batalla.

Pero eso no iba a pasar. Leo tenía demasiada experiencia como para dejarse engañar por la ilusión del amor. Por mucho que su padre hubiera adorado a su madre, cuando Mariela Morgan-White había muerto, se había quedado destrozado. Sí, algunos idiotas dirían que es mejor haber amado y haber perdido que no haber amado nunca, pero él no estaba de acuerdo.

Su padre no aprobaba sus aventuras amorosas, aunque hacía muchos años que había dejado de hablarle de ello. Esa era la primera vez en largo tiempo que le expresaba su decepción.

–Siempre apareces en la prensa rosa –le reprendió Harold–. Siempre tienes a alguna... tontita colgando del brazo, dedicándote una caída de pestañas postizas.

–Ya hemos hablado de este tema –protestó Leo, irritado.

—Pues hablaremos otra vez, hijo —repuso Harold en un murmullo.

Su padre parecía cansado de vivir. Era como si se hubiera quedado sin fuerzas, sin energía.

—Tú decides qué hacer con tus... amantes —continuó Harold en voz baja—. Sé que no sirve de nada que intente hacerte ver tu equivocación. Pero ahora no estamos hablando solo de ti. La abuela de Adele dice que eres moralmente inapropiado para ocuparte de la pequeña.

Leo se pasó la mano por el pelo y meneó la cabeza. Sean no había tenido ninguna relación de sangre con ellos, pero estaba de acuerdo con su padre en una cosa. La niña no tenía la culpa de los errores de los adultos y no debía pagar por ellos. En cierta forma, era su responsabilidad moral evitarlo.

—Me ocuparé de eso, papá.

—Las cosas no podrían estar peor —dijo su padre, y se apretó los ojos con los dedos.

—No debes ponerte así.

—¿Qué harías tú en mi lugar? —repuso su padre—. Adele es importante para mí. No puedo perder este caso.

—Si no logramos ganar en los tribunales, no puedo hacer más —señaló Leo, extendiendo las manos en un gesto de frustración—. No puedo secuestrar a la niña y esconderla hasta que cumpla dieciocho años.

—No, pero sí hay algo que puedes hacer...

—No te entiendo.

—Podrías prometerte. No digo que te cases, solo que te prometas. Podrías presentarte ante los tribunales como un hombre responsable, para convencerles de que eres un buen candidato como figura paterna para Adele.

Leo se quedó mirando a su padre en silencio. Se

preguntó si los sucesos de los últimos días lo habrían vuelto loco. Eso o no había comprendido lo que acababa de decirle.

—¿Que me prometa? —repitió Leo, meneando la cabeza con incredulidad—. ¿Qué propones? ¿Que busque en Internet a una pareja adecuada?

—¡No seas estúpido, hijo!

—Entonces, no te entiendo.

—Para dar la imagen de un hombre estable y normal, debes tener a una mujer estable y normal a tu lado. No sé por qué no ibas a hacerlo por mí. Y por Adele.

—¿Una mujer estable y normal? —dijo Leo, atónito. Él nunca salía con mujeres de esa clase. Le gustaban las féminas frívolas e inapropiadas para el matrimonio. Nada de compromisos serios. A ellas les atraía su dinero y a él no le importaba, porque eso le ayudaba a despacharlas sin remordimientos cuando se cansaba.

—Samantha —señaló su padre, como un mago que sacara un conejo de una chistera.

—Samantha...

—La pequeña Sammy Wilson —aclaró Harold—. Sabes de quién te hablo. ¡Sería perfecta para el papel!

—¿Quieres que salga con Samantha Wilson para conseguir la custodia de Adele?

—Es una buena opción.

—¿Estás loco?

—¡No seas descarado, hijo! —le reprendió Harold.

—¿Sabe ella algo de esto? ¿Habéis estado los dos haciendo planes a mis espaldas? —quiso saber Leo, perplejo. Sin duda, su padre había perdido los estribos.

—No le he dicho nada —admitió Harold—. Bueno, ya sabes que solo viene a Salcombe los fines de semana...

—No, no lo sabía. ¿Por qué iba a saberlo?

—Tendrás que exponerle el tema tú mismo. Puedes

ser muy persuasivo y no veo por qué no vas a usar tus dotes para resolver esto. No suelo pedirte nunca ningún favor. Creo que es lo mínimo que puedes hacer, hijo. Me gustaría asegurarme de que Adele crezca querida y cuidada y ambos sabemos que Gail es la peor abuela que le podía haber tocado. Me pasaría el resto de mis días temiendo por el porvenir de la niña...

—Gail puede ser muchas cosas, pero ¿no crees que estás exagerando con esto?

Su padre continuó, haciéndole caso omiso.

—¿Se puede condenar a una niña a vivir con una mujer de su calaña? Los dos conocemos los rumores acerca de ella... No puedo forzarte, pero me temo que yo... ¿Qué sentido tendría para mí seguir viviendo?

Samantha no llevaba más de media hora en su pequeño apartamento cuando oyó que sonaba el timbre insistentemente en la puerta. Hizo una mueca, molesta.

Tenía mucho que hacer y no podía perder el tiempo con vendedores ambulantes. O, peor aún, podía ser su vecina de arriba, que tenía la mala costumbre de pasar a visitarla alrededor de esa hora, las seis de la tarde, para tomarse un vaso de vino con alguien demasiado educado y considerado como para negarse.

Samantha se había pasado muchas horas escuchando las vicisitudes de su vecina con su último novio.

En ese momento, sin embargo, estaba demasiado ocupada.

Tenía demasiados deberes que corregir. Demasiadas lecciones que preparar. Por no mencionar el banco, que le había estado recordando a su madre durante los últimos tres meses que no habían pagado las mensualidades de la hipoteca de la casa.

Pero quienquiera que estuviera en la puerta no se iba, a juzgar por su insistente llamada.

Tras dejar sobre la mesa un montón de cuadernos de ejercicios, se puso las zapatillas de andar por casa, pensando en qué excusa iba a darle a quien estuviera en su puerta para poder seguir trabajando sin interrupción.

Cuando abrió, se quedó boquiabierta. Literalmente. Se quedó parada como una tonta con los ojos como platos, porque era la última persona que había esperado ver ante la puerta.

Apoyado en el marco, un hombre alto y musculoso la observaba con indolencia, con las manos en los bolsillos de un abrigo negro de cachemira.

Habían pasado varias semanas desde la última vez que había visto a Leo Morgan-White.

La había saludado con la cabeza desde la otra punta del enorme salón de su padre, que había estado ocupado con al menos seis invitados más, amigos de su padre y la madre de ella. Harold era un miembro popular en su comunidad y su fiesta anual de Navidad era un evento importante en el pueblo.

Esa noche, Sammy no había hablado con Leo. Él se había presentado con una guapa morena quien, a pesar de que era invierno, llevaba un vestido muy ligero y muy corto que había atraído la atención de todos los hombres de la reunión.

—¿Vengo en mal momento?

Leo había aceptado. Su padre era un viejo zorro, se dijo. Había logrado convencerle de que hiciera lo impensable, bajo la amenaza de hundirse de nuevo en la depresión que lo había asfixiado durante años.

Por supuesto, Harold quería de verdad a Adele y deseaba que la niña estuviera cerca y a salvo. Y Leo estaba de acuerdo en que Gail sería una influencia horrible para una pequeña de cinco años. Pero, cuando su padre le había amenazado con perder las ganas de vivir si no lo ayudaba, él había estado perdido.

Por eso, allí estaba, dos días después. La protagonista de su plan demente lo observaba vestida con un anodino conjunto gris y unas ridículas zapatillas de color chillón.

–¿Leo? –dijo Sammy, y parpadeó, preguntándose si sería una alucinación provocada por el estrés–. ¿Qué quieres? ¿Cómo has sabido dónde vivo? ¿Qué diablos estás haciendo aquí?

–Son muchas preguntas. Te las responderé en cuanto me invites a pasar.

Abrumada por un repentino temor, Sammy se puso pálida.

–¿Ha pasado algo? ¿Tu padre está bien? –preguntó ella. Le costaba pensar con claridad. Leo siempre le había causado ese efecto. Quizá, era por su aspecto devastador. Era tan, tan... guapo.

Era alto y poseía el seductor atractivo de un pirata romántico. A su lado, el resto de los varones parecían palidecer en comparación y, a juzgar por la interminable fila de novias que había tenido, ella no era la única de esa opinión.

Aunque, a diferencia de esas mujeres, ella sabía que no debía dejar que el atractivo de alguien como él la dejara fuera de combate.

Cada vez que recordaba el horrible incidente de hacía unos años, Sammy se moría de vergüenza. Había ido a una fiesta a la casa grande, como todo el mundo en el pueblo llamaba a la mansión de los Morgan-White.

Estaba lleno de gente. Era una fiesta de cumpleaños para Leo y medio mundo estaba invitado. Por alguna razón que ella no comprendía, también había recibido una invitación y, a pesar de que no le había hecho demasiada gracia asistir, lo había hecho, animada por el hecho de que habría allí mucha gente del pueblo, con lo cual no se sentiría tan fuera de lugar. Había tardado una eternidad en elegir el vestido adecuado. Se había encontrado con Leo en el jardín, cuando él había aparecido a su lado de pronto, y habían estado charlando durante una eternidad. Ella había estado en las nubes, sintiéndose especial, hasta que una rubia exuberante había salido a su encuentro tras una marquesina.

—Estás quedando como una tonta —le había espetado la rubia, con la lengua demasiado suelta por el champán—. ¿No te das cuenta de que Leo jamás va a hacerte disfrutar como deseas? Tal vez has crecido con él, pero eres pobre, eres gorda y aburrida. Estás quedando en ridículo.

Al escucharla, Sammy había puesto los pies en el suelo de golpe. Desde entonces, se había dedicado a observar a Leo desde lejos. Y había descubierto lo despreciable que era su acercamiento a las mujeres. Solía elegir a una y, cuando tenía lo que quería, la abandonaba sin mirar atrás, para buscarse otra.

Romántica de corazón, ella creía en el matrimonio y en la familia. Por eso, no entendía por qué se había fijado en alguien como Leo, que había sido su amor platónico en la adolescencia. Aunque su juventud y el innegable atractivo de él eran buenas explicaciones.

—Ha tenido mejores momentos. ¿Vas a invitarme a entrar o vamos a hablar aquí?

—Supongo que puedes entrar.

Buen comienzo, pensó Leo. Un indicio muy claro de cómo iban a ser las cosas con quien se suponía que iba a ser su pareja para toda la vida.

Lo cierto era que él no había tenido en cuenta cómo iba a reaccionar Sammy a su propuesta, pero no había esperado que opusiera demasiada resistencia. Después de todo, pensaba ofrecerle una importante suma de dinero y, como todo el mundo sabía, el dinero abría las puertas más difíciles.

Anne Wilson, la madre de Samantha, era una amiga íntima de su padre. Lo había sido desde que su madre había caído enferma y Anne, enfermera en el hospital local, se había desvivido por ayudar. Su vínculo se había fortalecido a lo largo de los años. Anne había sido un sólido apoyo para Harold, sobre todo, después de su traumático divorcio de Georgia.

No era de extrañar que Anne le hubiera hablado a Harold de sus problemas de salud y económicos, ya que se había visto obligada a dejar el trabajo. Y, aunque Harold se había ofrecido a darle o prestarle dinero, ella se había negado.

—Bueno... —dijo Sammy, cruzándose de brazos delante de él, nada más cerrar la puerta—. ¿Para qué has venido? —preguntó. Era tan guapo que apenas podía mirarlo sin sonrojarse.

El increíble aspecto de Leo tenía que ver con mucho más que su físico. Sí, unas pestañas negras y largas enmarcaban sus grandes ojos oscuros, tenía una nariz recta y arrogante y labios carnosos y sensuales. Sí, tenía el cuerpo musculoso y bien formado de un atleta y la elegancia de un depredador felino. Pero también emanaba un aura de poder que producía cierto efecto hipnótico.

—¿Siempre eres tan amable con las visitas? —dijo Leo con voz aterciopelada e, ignorando que Sammy no se había ofrecido a guardarle el abrigo, se lo quitó y lo dejó él mismo en el perchero de la entrada.

La casa parecía hecha de materiales baratos. Con unos cuantos portazos, la estructura se colapsaría como un castillo de naipes.

—Resulta que estoy muy ocupada en este momento –indicó ella con tono seco. Lo condujo al salón y señaló el montón de cuadernos de ejercicios que había estado corrigiendo.

Leo se sentó en una silla. Sammy no entendía por qué había ido a verla y estaba furiosa consigo misma por el estúpido calor que la invadía.

Era tan mala para las relaciones sociales como Leo recordaba. Siempre que habían hablado en el pasado había tenido la sensación de que ella había estado deseando irse. Él nunca había prestado demasiada atención a su aspecto, solo había notado que no se vestía para impresionar a nadie. Sin embargo, en ese momento, no pudo evitar darse cuenta de que era una experta en no arreglarse.

Acostumbrado a mujeres que hacían todo lo posible por resultar atractivas, que dedicaban horas y horas a cuidar su imagen, le desconcertaba estar con una que no parecía molestarse en absoluto en gustar. Mirándola con atención, se fijó en que, a pesar de que su atuendo no tenía ninguna gracia y llevaba el pelo rubio recogido de mala manera con una goma fluorescente, su rostro con forma de corazón tenía un cierto atractivo. Además, sus ojos eran impresionantes. Enormes, de un puro color azul, con largas pestañas.

—Entiendo que no te interesa hablar de superficialidades, así que nos saltaremos la parte en que te pregunto cómo estás y qué has estado haciendo en los últimos años.

–¿Acaso te importa cómo estoy o lo que he estado haciendo?

–Deberías sentarte, Sammy. La razón por la que he venido es porque quiero pedirte un favor un poco delicado. Si insistes en escucharme de pie, te dolerán los tobillos cuando haya terminado.

–¿Un favor? ¿De qué estás hablando? No veo cómo podría ayudarte en nada.

–Siéntate. No, mejor aún, ¿por qué no me ofreces un vaso de vino? ¿O una taza de café?

Sammy contuvo una mueca. Por naturaleza, era una mujer amable que nunca se habría planteado ser grosera con nadie, pero algo en Leo provocaba su resistencia a ser agradable. Hacía mucho tiempo, lo había catalogado como demasiado rico, demasiado guapo y demasiado arrogante y, por la forma en que se había presentado en su casa y se autoinvitaba a tomar algo, su opinión de él no estaba mejorando nada.

Preferiría pedirle que se fuera.

Como si le hubiera leído el pensamiento, Leo arqueó las cejas y la sometió a un intenso escrutinio. Sammy se puso colorada.

–De acuerdo. Iré al grano –dijo él, se metió la mano en el bolsillo y sacó una cajita que tiró sobre la mesa delante de él–. He venido a pedirte que te cases conmigo.

Capítulo 2

SAMMY parpadeó y se cruzó de brazos con el cuerpo más rígido que un tablón de madera. Estaba furiosa. Solo había echado un vistazo a la cajita azul que él había tirado sobre la mesa.

—¿Es una especie de broma?

—¿Tengo pinta de ser la clase de hombre que se presenta en casa de una mujer y le pide matrimonio en broma?

—No tengo ni idea, Leo. No sé la clase de persona que eres —repuso ella. «Aparte de lo obvio», pensó, furiosa.

—Abre la caja.

Sammy solo la observó con reticencia. Soltando una maldición en voz baja, la tomó y abrió la tapa.

Un anillo de compromiso yacía dentro del interior aterciopelado. Aturdida, no dio crédito al ver aquel exquisito y reluciente diamante. Con mano temblorosa, dejó la caja, todavía abierta, sobre la mesa y se sentó en la silla delante de él.

—¿Qué diablos es esto, Leo? No puedes hablar en serio. Te presentas aquí con un anillo de compromiso y me pides que me case contigo. ¿Qué pasa? ¿Es el anillo auténtico siquiera?

—Oh, es auténtico al cien por cien. ¿Y sabes qué? Te lo puedes quedar cuando todo haya terminado.

A Sammy le daba vueltas la cabeza. Hacía menos de una hora, había sido una maestra de primaria des-

bordada por el trabajo. En el presente, era la protagonista de una especie de historia increíble con un atractivo millonario sentado en su cuarto de estar y un anillo
de compromiso sobre la mesa.

Nada tenía sentido.

—¿Cuando acabe qué? —preguntó ella, tratando de
entender algo.

Leo suspiró. Quizá, debería haberse preparado
para algo así, ¿aunque para qué habría servido?
Sammy no podía estar más confusa. Al menos, era
buena idea haber ido en persona a su casa, se dijo él.
Así podría explicárselo cara a cara.

Si a ella le costaba creer que aquello estuviera pasando, entonces, le pasaba igual que a él.

Leo jamás se había imaginado que le pediría matrimonio a nadie. Más aún, en caso de que lo hubiera
hecho, nunca habría elegido a Samantha Wilson como
destinataria de su proposición.

La había conocido hacía muchos años y siempre le
había resultado una mujer prácticamente invisible.
Sammy nunca había sido antipática con él. Siempre
había sido amable, aunque esquiva. Con excepción de
una conversación que habían mantenido hacía años...
Después de eso, había vuelto a verla, pero no había
logrado que ella le prestara atención. No tenía ni idea
de si tenía novio, vida social o hobbies.

En su mundo, donde las mujeres se disfrazaban
como llamativos pavos reales, ella era el equivalente a
un sencillo gorrión. Perfecta, por supuesto, para el plan
que tenían entre manos, pero no era la clase de mujer
en la que se habría fijado para tener una relación.

—Supongo que sabes lo de Sean y su mujer —comenzó a decir él.

Ella asintió despacio.

–Lo siento. Mis condolencias. Fue un final horrible para los dos. ¿Cómo diablos se le ocurriría a Sean tomar clases de vuelo? Y volar con tan mal tiempo con Louise, sin instructor... Hace falta ser imprudente. Pero lo siento mucho de todas maneras.

–No necesito tus condolencias –repuso él–. No estaba muy unido a Sean, así que no puedo decir que su pérdida me sea muy dolorosa.

–Muy sincero por tu parte.

Sammy lo estaba mirando con sus grandes ojos azules. Bajo su tono serio, sin embargo, Leo creyó percibir un toque de sarcasmo. Le sorprendió, pues no la había considerado nunca una persona sarcástica.

–Supongo que sabes también que mi padre está muy disgustado porque la hija de Sean, a la que él considera como su nieta, siga en Australia, bajo la custodia de su abuela materna.

–Es una lástima, pero seguro que le permitirán visitaros a tu padre y a ti cuando sea un poco mayor. Mira, Leo, sigo sin entender qué tiene que ver conmigo todo esto... –confesó ella, posando los ojos en la cajita que había sobre la mesa– ni con el anillo.

–Cuando Sean y Louise murieron, dimos por hecho que enviarían a la niña a vivir aquí conmigo. Louise procedía de una familia muy pequeña, solo tenía a su madre, quien tiene... unos antecedentes un poco turbios.

–Sé que hay rumores...

–Mi padre sigue recibiendo peticiones de dinero de esa mujer, aparte de todo lo que le estuvo enviando a Sean a lo largo de los años, incluso después de haberse divorciado de su madre.

–Tu padre tiene muy buen corazón.

–Sí, ya, y es fácil de manipular –añadió él entre dientes.

–Estoy segura de que el dinero que envió fue de utilidad... –comentó ella, frunciendo el ceño con desaprobación.

–Seguro que sí –replicó él con tono seco–. Pero ¿para quién? Da igual. Eso es pasado. Ahora nos preocupa el presente y eso nos lleva al tema del anillo de compromiso... –continuó. Había sido de esperar que Sammy se hubiera mostrado sorprendida. Pero no había contado con que recibiera su propuesta con tanta aversión. No conocía a ninguna mujer en el mundo a la que no le entusiasmara la idea de casarse con él.

A excepción de la que tenía delante en ese momento. Sammy contemplaba el anillo con gesto de asco, como si pudiera contagiarla de alguna desagradable infección.

–Mi padre ha recibido un incómodo correo electrónico hace poco que sugiere que Adele puede terminar en Australia, bajo la tutela de la suegra de Sean. Al parecer, esa mujer ha decidido que le interesa económicamente aferrarse a la niña porque, de esa manera, seguirá recibiendo dinero de mi padre. O, lo que es lo mismo, mi dinero. Me imagino que sabes que desde hace tiempo mi padre ha dejado de escribir. Yo no tengo problemas económicos, aunque eso no significa que quiera cargar con esa mujer para siempre.

–Sigo preguntándome qué tiene que ver conmigo todo esto.

Sammy nunca había tenido una conversación tan larga con el hombre que tenía delante. Y estaba emocionalmente agotada de tener que darle una imagen de fría compostura, cuando lo que sentía por dentro era todo lo contrario. Se le habían agudizado los sentidos al máximo y no entendía por qué.

Era lo suficientemente madura como para no ponerse como un flan solo por estar en presencia de un hombre guapísimo, ¿verdad? Era una mujer trabajadora, una maestra acostumbrada a la responsabilidad y tenía bastante experiencia vital como para reconocer la clase de persona que era Leo.

Aunque...

Quizá, su experiencia vital carecía de información en un área concreta. Tal vez, esa era la razón que explicaba el cosquilleo que le recorría la piel solo de mirarlo.

Sammy se había pasado los últimos dos años cuidando de su madre. Había aprendido cómo manejarse con los médicos y en los hospitales. Su madre había necesitado alguien fuerte en quien apoyarse y esa persona había sido ella. También tenía mucha experiencia en hacerse cargo de las cosas, en llevar el control de una escuela de primaria rebosante de pequeños revoltosos.

Había negociado con directores de banco y se había pasado horas tratando de hacer que las cuentas encajaran. Había tenido agotadoras charlas con su madre, para convencerla de que no debía preocuparse por nada, que no les quitarían la casa, a pesar de que llevaban tiempo sin pagar las cuotas de la hipoteca.

Y siempre había hecho todo lo posible para no perder el sentido del humor y la perspectiva de las cosas.

Pero había un área en la que no tenía experiencia en absoluto.

En el territorio de los hombres y el sexo, era extranjera. Aunque había tenido dos novios formales, aún no había perdido la virginidad.

Los dos habían sido atractivos y a ella le habían gustado. Habían sido más que apropiados, pero... no le habían excitado lo suficiente como para haberse lanzado a la piscina con ellos.

Había roto con Pete hacía un año y medio y, desde entonces, se había resignado a pensar que era ella quien fallaba. Tal vez, era porque no había tenido una figura paterna en la infancia. Aun así, era un argumento sin ningún sentido.

Por eso, hacía tiempo que había decidido dejar de analizar los porqués.

No había tenido en cuenta que su inexperiencia en esa pequeña e insignificante área dentro del gran esquema de las cosas la dejaba a merced de un hombre como Leo, sensual, atractivo y encantador.

—Sorprendentemente, Sean tuvo la buena cabeza de dejar algo parecido a un testamento —estaba diciendo él—. En realidad, es un trozo de papel firmado por un amigo. En él, indicaba que, si algo le sucediera, yo debería ocuparme de la guardia y custodia de la niña. Estoy seguro de que una idea tan brillante debió de ocurrírsele en atención a mi sustanciosa cuenta bancaria.

—Eres muy cínico —repuso Sammy, aunque todavía estaba anonadada ante la idea de que, aunque dos novios estupendos no habían conseguido ganarse su interés, aquel tipo tan inapropiado parecía estar calándole demasiado hondo. Al menos, si las locas mariposas que sentía en el estómago significaban algo.

—Así que soy cínico —dijo él, y se encogió de hombros, observándola con intensidad—. Es una cualidad que siempre me ha mantenido en buena forma.

—Si Sean quería que te quedaras con Adele, ¿cuál es el problema?

—El problema es la horrible abuela de Adele, que ha decidido contratar a un abogado y alega que soy inadecuado para hacerme cargo de la niña. Sostiene que un trozo de papel no tiene validez, sobre todo, teniendo en cuenta que mi hermanastro estaba todo el día borracho o drogado.

Sammy no dijo nada.

Leo frunció el ceño. Podía adivinar lo que ella pensaba con toda claridad.

–Esa mujer no está preparada para criar a Adele –continuó él–. Incluso si fuera un ángel con forma humana, sería demasiado para ella tener que cuidar a una vital pequeña de cinco años. Si yo pensara que puede hacerlo, me habría retirado de la discusión, pero sé que no puede. En cualquier caso, mi padre está destrozado por todo esto.

–Siempre le dolió no haber conocido a su nieta. Hablaba mucho de eso conmigo y con mi madre.

–Sí, bueno... –dijo Leo–. Ahí está la clave de todo, precisamente. Me acusan de haber tenido demasiadas mujeres y de pasar demasiado tiempo fuera del país –señaló y se pasó la mano por el pelo en un gesto de frustración e impaciencia.

Sammy siguió en silencio porque, desde cualquier perspectiva, eran acusaciones acertadas.

–Bueno... –dijo ella al fin–. Supongo que debe de haber algo de cierto en eso. Quiero decir, por lo que yo he oído...

–Por favor... –la interrumpió él con una mueca–, no dejes que los buenos modales te impidan expresar lo que piensas. ¿Los rumores que has oído sobre mí te han llegado de mi padre?

–¡No!

–¿Os dedicáis los tres a cuchichear sobre mi vida personal?

–No. Estás muy equivocado.

–¿Ah, sí? ¡Por lo que me cuentas, mi padre se dedica a lamentarse porque no le han dejado conocer a su nieta y, luego, saca las pastas y el té y se pone a despedazar lo que hago yo con mi vida privada!

–¡No es así! –se defendió ella–. Hace años, tu padre mencionó que le gustaría verte más a menudo y que trabajabas demasiado. Se preocupa por tu salud, eso es todo.

–No he estado enfermo ni un solo día en mi vida.

–El exceso de trabajo puede producir todo tipo de problemas –comentó ella, bajando la vista–. El estrés es muy peligroso. Eso es lo que preocupa a tu padre.

–En ese caso, debe saber que no corro el riesgo de quemarme o estresarme demasiado porque mis queridas amantes me sirven como válvula de escape.

Sammy se quedó sin habla.

De pronto, Leo comprendió que iba a tener que dejar en segundo lugar a esas queridas amantes, al menos, por el momento. Y lo raro fue que no le molestó la idea. Era un hombre muy activo sexualmente, con una libido en plena forma, pero hacía tiempo que las mujeres hermosas demasiado complacientes no lograban satisfacerlo.

Estaba saturado de ellas.

Quizá, era un buen momento para sumergirse en un compromiso falso con una mujer con la que no tenía nada en común. Pasar un par de meses fingiendo estar enamorado de alguien que no despertaba su interés podía ser la solución. Después, retomaría su vida de mujeriego con renovado ímpetu y las cosas volverían a la normalidad. Un tiempo de celibato no podía hacerle daño a nadie.

–Eso nos lleva al meollo de la cuestión, precisamente –continuó él–. Según mi padre, no represento el papel de un tutor creíble con mi reputación. Necesito ganar respetabilidad. Es ahí donde entras tú en juego. Necesito una novia que me acompañe a Melbourne para demostrar lo estable y emocionalmente equilibrado que soy.

Sammy se quedó mirándolo. Así que se trataba de eso. Eso explicaba lo del anillo. Estaba tan perpleja que no sabía si estallar en una risa histérica o si echarlo de su casa de una patada.

—Estás bromeando, ¿verdad?

—Como ya te he dicho, tengo mejores cosas que hacer que venir aquí a gastarte bromas. Esto va en serio, Samantha —aseguró él, mirándola con intensidad—. Mi padre se niega a renunciar a Adele. El hecho de que Sean solo fuera su hijastro durante un breve periodo de tiempo y el que no tuviera ningún vínculo de sangre con él no le importa. Mi padre es así, ya lo sabes. Para él, esta es su última oportunidad de hacer algo para arreglar la situación y no puede entender que yo titubee en ayudarlo.

—¡No voy a ir contigo a la otra punta del mundo, nada menos que a Australia, para fingir que soy tu novia, Leo! —gritó Sammy, agitada.

Se puso en pie y comenzó a dar vueltas por la habitación. No podía pensar con claridad y le quemaba el cuerpo.

—¿Por qué iba a querer yo ser tu novia postiza? —le preguntó ella de golpe, girándose hacia él con los brazos en jarras—. ¿Por qué no escoges a una de tus muchas amantes? ¡Tienes de sobra donde elegir! Cada vez que abro una revista, te veo con una guapa modelo diferente del brazo.

Leo arqueó las cejas y sonrió.

—Veo que te informas sobre mí en las revistas del corazón, ¿eh?

—No te hagas ilusiones —se defendió ella—. Te repito que no lo haré. Puedes elegir a la mujer que quieras para el papel, así que adelante.

—Pero ninguna me sirve —comentó él con voz calmada.

Ella frunció el ceño.

—¿Por qué no?

Leo la miró durante un interminable instante en total silencio, hasta que ella lo comprendió.

–Demasiado glamurosas, ¿verdad? –adivinó Sammy, deseando que se la tragara la tierra–. Necesitas a alguien normal y corriente, alguien que ofrezca la imagen de pareja responsable, capaz de ocuparse de una niña.

Leo tuvo la decencia de sonrojarse.

–Las mujeres con las que salgo no servirían para el papel. No tiene nada que ver con el aspecto.

–Tiene mucho que ver con el aspecto –replicó ella con voz temblorosa–. Quiero que te vayas. Ahora mismo. ¡Me gustaría poder ayudar a tu padre, pero fingir que soy tu novia para que engañes a las autoridades australianas para hacerles creer que eres un tipo responsable y decente es demasiado!

Leo se sintió ofendido por el insulto implícito en sus palabras.

Se quedó allí parado, en silencio total. No pensaba moverse hasta conseguir su propósito.

–¡Vete!

–Siéntate –repuso él.

–¿Cómo te atreves a venir a mi casa y... y...?

–No he terminado de hablar –señaló él con firmeza.

Sammy apretó los dientes con rabia e impotencia. No podía sacarlo por la fuerza. Era un hombre demasiado grande y fuerte. Y él lo sabía.

–No hay nada más que decir –indicó ella con tono helador–. No vas a convencerme de que entre en tu farsa –le espetó.

–¿Estás segura?

Sammy no se molestó en responder. Tenía los brazos cruzados y lo observaba con el rostro crispado de rabia.

Sin embargo, Leo era la viva imagen de la tranquilidad.

A ella le sorprendió cómo era posible que alguien que quería tanto a su padre pudiera ser tan odioso. Pero se trataba de un hombre de negocios sin ninguna ética en lo relativo a las mujeres, así que no tenía de qué sorprenderse, se dijo.

—Segura al cien por cien.

—Porque no he venido hasta aquí para pedir un favor sin ofrecer nada a cambio...

—No se me ocurre nada que pudiera interesarme de ti.

—Me gusta tu alto sentido de la moral —murmuró él en tono burlón. Pero, por mi experiencia, los reparos morales suelen tener cimientos de barro. ¿Por qué no te sientas y terminas de escuchar lo que tengo que decir? Si, al final, sigues sin querer participar en el trato, de acuerdo. Mi padre estará muy decepcionado, pero así es la vida. No podrá acusarme de no haberlo intentado bastante.

Sammy titubeó. Leo no se iba. El maldito tipo parecía decidido a quedarse allí hasta haberle soltado el discurso completo que le había preparado.

¿Por qué perder el tiempo en discutir?

Ella se sentó en una silla y esperó que continuara hablando.

Era un hombre realmente guapo, pensó. Tenía el pelo moreno y los ojos negros, y unos rasgos faciales perfectos. No era el momento para fijarse en eso, se dijo a sí misma, pero no podía evitarlo.

No era de extrañar que cualquier mujer se chocara con una farola en la calle solo por volverse a mirarlo.

Sammy trató de imaginarse en el papel de prometida a cualquiera de las novias que Leo había tenido. Aunque la imagen podía quedar bien para una foto de compromiso en las revistas, la verosimilitud dc la idea se hacía pedazos en cuanto se ponía a una niña pequeña en la ecuación.

–Tu madre no ha estado muy bien... –comentó él en voz baja–. Siento no haber... preguntado por ella antes.

–Se pondrá bien –dijo ella, levantando la barbilla en un gesto desafiante. Sin embargo, como siempre que hablaba de su madre, las lágrimas le afloraron a los ojos.

–Sí. Nos han dicho que la quimioterapia ha ido bien y que el tumor se ha reducido de forma considerable. Debe de ser un alivio para ti.

–No entiendo qué tiene que ver mi madre con todo esto.

–Entonces, iré directo al grano –señaló él. Cuando había planeado usar el dinero para convencerla, en ningún momento había sentido reparos. En el mundo de los negocios el dinero era su mejor herramienta.

Sin embargo, de pronto, Leo se sintió invadido por un repentino remordimiento. Quizá, fue por la forma casi imperceptible en que a ella le temblaban los labios y le brillaban los ojos.

No era de extrañar que su padre y ella se llevaran de maravilla. Eran ambos unos sentimentales.

Esa era otra razón más por la que el trato era buena idea, pues Leo odiaba el sentimentalismo. Gracias a ello, no habría ninguna posibilidad de cruzar la línea de un mero acuerdo de negocios y pasar a nada personal.

–Parece ser que tiene un problema con la hipoteca de la casa donde vive –continuó él.

–¿Cómo lo sabes?

–De la misma manera que tú sabes tanto sobre mi vida personal –replicó él–. Nuestros respectivos padres parecen tener la debilidad de ser unos chismosos. En cualquier caso, creo que existe el peligro de que el banco se quede con la casa, si no se ponen al día los pagos de la hipoteca.

—He ido a hablar con el director del banco —afirmó ella, sonrojada, pues odiaba hablar de ese tema tan agobiante, que la avergonzaba y la desasosegaba. Además, no era asunto suyo—. Mi madre tuvo que dejar su trabajo y, con todo el tratamiento, ha habido muchos gastos. Pero en el banco me dijeron que lo comprendían.

—Ya se sabe que no se puede uno fiar de los bancos —dijo él—. No son organizaciones benéficas. Hasta el director de banco más comprensivo del mundo te quitaría la casa sin previo aviso. También, supongo que para ti es un gran esfuerzo trabajar tanto para ayudar a tu madre y hacer tantos viajes desde la ciudad hasta Devon para poder verla.

—Tu padre no tenía derecho a hablarte de esas cosas...

—¿Era información confidencial?

Sammy no respondió. No, no era confidencial, aunque estar sentada allí, oyendo cómo Leo dejaba expuesta su vida y sus problemas, le hizo pensar que hubiera sido mejor guardarlo en secreto.

Por supuesto, él no podía entender lo que significaba tener que contar cada céntimo para poder pagar las facturas. Había nacido en una familia rica e, incluso en el pueblo, su nombre se había convertido en leyenda, por haber construido su propio imperio muy joven y ser uno de los hombres más ricos del país.

—A mí no me lo pareció. Sé que mi padre se ofreció a prestaros dinero, pero tu madre se negó.

—Y no la culpo —repuso ella, sonrojada—. Todavía nos queda algo de orgullo.

–Sí. El orgullo es algo que suele preceder a la caída. No importa. Lo entiendo. Pero, como resultado, las dos estáis pasando un mal momento económico. Así que esta es mi propuesta –anunció él, guardando un momento de silencio para darle más dramatismo–. A cambio de tus servicios, me ocuparé de pagar el resto de la hipoteca que tiene la casa de tu madre.

Sammy fue incapaz de hablar. Lo observaba hipnotizada, por sus palabras, por su boca mientras hablaba, por el musculoso cuerpo que se adivinaba bajo sus ropas, por la elegancia de sus gestos y el timbre carismático de su voz.

–Además, sé que tu sueño es trabajar por tu cuenta. Tienes estudios de diseño gráfico y, aunque haces todos los encargos que caen en tus manos, te es imposible dedicarte a ello de pleno porque necesitas unos ingresos estables, que obtienes con tu empleo en el colegio.

Sammy se puso pálida.

–¡Eso sí que es confidencial!

–¿Tienes aquí algo de tu trabajo para enseñármelo? –preguntó él, señalando al escritorio que había junto a la ventana, donde se apilaban montones de papeles. Sin darle tiempo a responder y, menos aún, a impedirle tocar sus cosas, empezó a husmear en las ilustraciones que ya estaban terminadas.

Mientras, ella seguía paralizada, clavada en el sitio.

–Eres buena –comentó él, girándose hacia ella. Parecía verdaderamente impresionado–. No me mires como si hubiera destapado un secreto de estado. Esta es la segunda parte de mi proposición. No solo pienso zanjar la deuda de tu madre con el banco, sino que también haré que os construyan un estudio en la parte trasera de la casa.

–¿Eh?

–Sí, lo necesitas para esto –dijo él, señalando a la mesa y las ilustraciones que había estado mirando–. Si quieres tener tu empresa en el mismo sitio donde vive tu madre, te vendrá bien. No tendrás que gastar más dinero en pagar alquileres que no puedes permitirte, ni en medios de transporte para ir a verla o para ir a trabajar. Y no solo eso, Sammy. Me ocuparé de que recibas unos ingresos estables durante el periodo de transición a tu vida como autónoma, hasta que te afiances y te asegures unos beneficios suficientes.

Sammy no se lo podía creer. Se sentía como si le hubiera pasado un camión por encima.

–Es una sugerencia ridícula –protestó ella, aunque su voz no parecía tan firme ni tan convencida de que lo fuera–. ¿Ir a Melbourne? ¿Fingir que estamos prometidos? Es una locura.

–Quizá, si te tomas un tiempo para pensarlo... –propuso él–. Puedes decirme que es una cuestión de orgullo, incluso puedes obligarme a irme... pero no se trata solo de ti. El futuro de tu madre también está en juego.

–No es justo que la metas en esto.

–¿Quién dijo que la vida era justa? Si así fuera, esa espantosa mujer no trataría de aferrarse a su nieta solo por el dinero. Acepta el trato y enviaré a un constructor a primera hora de la mañana para que vaya trabajando en el proyecto. Lo único que tienes que hacer es entregar tu dimisión en el colegio y prepararte para una vida sin estrés, cerca de tu madre.

Sammy pensó en todas las horas que había dedicado a intentar que le salieran las cuentas y todas las noches sin dormir que había trabajado en sus ilustraciones para conseguir un poco de dinero extra.

–¿Qué pasa si te dan la custodia de la pequeña? –preguntó ella tras un silencio, bastante tentada por la imagen de una vida sin estrés que él le había pintado.

–Lo pensaré cuando llegue el momento. Puedo darle la mejor educación y las mejores atenciones y, durante las vacaciones, podrá estar con mi padre en el campo.

Cuando Sammy arqueó una ceja, Leo adivinó que más le valía seguir hablando, antes de que ella empezara otra vez a esgrimir sus reparos morales.

–Te daré cuarenta y ocho horas para pensar en mi propuesta. Tendrás tiempo para pensar los detalles y darle la buena noticia a tu agradecida madre, aunque es probable que ella ya sepa que estoy hablando de esto contigo ahora, gracias a mi padre. Dejaré aquí el anillo de compromiso. Intenta no perderlo –señaló él y, cuando le dijo lo que le había costado, ella se quedó boquiabierta–. No tenía sentido comprar una baratija. Te sorprendería descubrir lo que un fotógrafo entrometido es capaz de detectar a través de la lente de aumento de su cámara. Si aceptas el trato, nadie debe dudar que todo esto es auténtico.

–Es probable que no acepte.

–Tú verás –dijo él, encogiéndose de hombros–. Piensa si te merece la pena –añadió y se miró el reloj. Era más tarde de lo que había esperado–. Una cosa más...

Sammy se había puesto en pie, pero seguía manteniendo las distancias. No iba a dejarse engatusar por su oferta. ¿O sí? Le sonaba a soborno y, aunque tuviera un buen fin, no podía ser buena cosa...

–¿Qué? –preguntó ella, desconfiada.

–Me preguntaste por qué eres perfecta para este... trato –señaló él, mirándola a los ojos mientras se ponía el abrigo–. Entiendes las reglas. Me refiero a que comprendes que la farsa no sería real. No eres la clase de mujer que se haría falsas esperanzas y creería que la parodia podía convertirse en un compromiso de verdad.

—No. No lo soy —contestó Sammy. Sabía que no era posible que Leo quisiera comprometerse con alguien como ella. Estaba deseando librarse de su presencia cuanto antes.

—Entonces, estamos de acuerdo —dijo él, ladeando la cabeza—. Eso siempre es bueno. Te llamaré para conocer tu decisión —añadió con confianza—. Y no hace falta que me des tu número de móvil. Ya lo tengo. Hasta muy pronto, futura novia —se despidió con una media sonrisa burlona.

Capítulo 3

¡ESTABA tan seguro de sí mismo!

Sammy se había pasado las siguientes cuarenta y ocho horas dándole vueltas a la cabeza. Podía recordar cada detalle de la visita de Leo y cada expresión de su rostro mientras le había hecho su propuesta.

El hecho de que se hubiera presentado en su casa con un anillo de compromiso lo decía todo. No había esperado salir de allí sin una respuesta satisfactoria.

No había llegado a su puerta para pedirle un favor. Su propósito había sido sobornarla para que lo ayudara. Leo había jugado con cartas trucadas y había sabido que ella no iba a ser capaz de rechazar lo que le ofrecía.

Como él había señalado muy bien, si Sammy aceptaba participar en la farsa, eso sería de gran ayuda para su madre, que ya no tendría que vivir estresada y preocupada por el pago de la hipoteca. Además, podría vivir cerca de ella para dedicarse a lo que más le gustaba y, se mirara como se mirara, eso era otro punto importante a su favor.

El resultado de su negociación había estado claro, incluso antes de que Leo se hubiera marchado de su casa. Muy astutamente, hasta él había indicado que la madre de Sammy estaría al tanto de su propuesta.

Así que allí estaba ella, esperando a Leo como una adolescente esperaba a su primera cita, contando los minutos con nerviosismo.

Cuando vio aparecer su coche, se apartó a toda prisa de la ventana y esperó a que sonara el timbre.

Sammy se había vestido con un desafiante conjunto de combate. Y no era una metáfora, porque llevaba unos pantalones de camuflaje, una camiseta verde de manga larga y una sudadera verde militar, zapatillas de deporte y un impermeable con una enorme capucha forrada.

Cuando abrió la puerta y lo vio, se quedó sin respiración un momento.

Hacía un frío gélido. El cielo estaba oscuro y estaba cayendo una buena helada. Aun así, a pesar del desapacible clima, Leo tenía un aspecto elegante, sofisticado y sexy, con sus pantalones vaqueros negros, un jersey negro y una trenca de lana.

—No llevas el anillo —fue lo primero que dijo él.

—No pensé que fuera necesario todavía.

—Claro que lo es. Una pareja enamorada quiere anunciar a gritos su amor, no esconderlo como si fuera un vergonzoso secreto. ¿Dónde está?

—En mi mochila.

—Pues sácalo y póntelo. Y hay algo más —dijo él, posando los ojos en su indumentaria—. Tengo órdenes estrictas de no decirte esto, pero nos espera una pequeña fiesta sorpresa de compromiso cuando lleguemos a casa de mi padre.

Sammy, que había estado buscando el anillo entre sus cosas, se quedó paralizada.

—¿Fiesta sorpresa?

—Ha sido idea de mi padre. Ya sabes que es dado al sentimentalismo.

—¡Es un falso compromiso, Leo! ¡Solo durará hasta que Adele venga y, entonces, fingiremos una falsa ruptura!

—Créeme, ya se lo he dicho, pero dice que la farsa

no sería creíble si no hacemos alguna clase de celebración para marcar el comienzo del gran evento. Tiene algo de razón. A lo largo de los años, siempre se ha quejado en público de lo mucho que desea verme casado. Después de nuestra última conversación, me confesó que les había dicho a sus amigos de la bolera y del club de jardinería que le encantaría tener una nuera maravillosa. Parece ser que era el sueño de mi madre. Resultaría extraño si su más encendido deseo se hiciera realidad y no lo hiciera público en una celebración –explicó él–. Sus amigos se sentirían muy ofendidos y, peor aún, podrían sospechar que se lo había inventado todo –añadió y la miró con seriedad–. Como te he dicho, no podemos dejar ningún resquicio abierto a la duda.

–A mí no me parece bien, Leo.

Leo chasqueó la lengua con impaciencia.

–No estaríamos haciendo esto si Gail no fuera una persona inadecuada para ocuparse de la niña.

–Debes dejar de llamarla «la niña». Suena frío y sin sentimientos.

–Nos estamos saliendo del tema –dijo él, y levantó una bolsa en la mano–. Esto es un pequeño regalo para ti.

–¿Eh?

–Ropa para la fiesta de compromiso. Pensé que un vestido sería más apropiado para la ocasión. Sospeché que me recibirías con algo informal, pero no pensé que fueras tan lejos como para ponerte pantalones de camuflaje. No discutas más, Sammy. Póntelo y vámonos.

Sammy hizo un sonido de protesta y le arrancó la bolsa de la mano. Era un vestido rosa de diseño. Claramente, era la clase de atuendo que llevaban sus novias, justo la ropa que ella nunca se pondría.

–Mandón.

–Y otra cosa –continuó él–. Se supone que estamos prometidos. Las personas que van a casarse suelen estar contentas de estar juntas. Ir por ahí con esa cara de malas pulgas no funcionará. ¿Me he explicado bien?

Sammy se puso roja.

–Me siento como si hubiera sido forzada a hacer esto –admitió ella con sinceridad–. Y ahora quieres darme órdenes como si fuera una marioneta.

–Créeme, a mí me gusta la mentira tan poco como a ti. He tenido que hacer un montón de cambios en mi agenda de trabajo para acomodar la aventura de estar prometido e ir a Australia para enfrentarme a una mujer que ha sido como una piedra en el zapato desde que Sean murió. Por si fuera poco, me veo haciendo pareja con alguien que no deja de quejarse. ¡Como puedes imaginar, no es que esté muy contento de participar en esta farsa! Y, para que lo sepas, deberías pensar en el lado positivo de haberte visto obligada a aceptar. La vida te va a ser mucho más fácil a partir de ahora. ¡Si el estrés causa mala salud, tú no tendrás que preocuparte por eso en los próximos cien años! Además, puede que hasta te guste el vestido que te he comprado. Esperaré aquí mientras te lo pones –dijo él, se miró el reloj con cara de pocos amigos y se recostó en la pared.

Sammy había esperado encontrarse con un modelo corto, ajustado y cursi. Era el estilo que solían llevar las mujeres con las que salía. Por eso, le sorprendió probarse el vestido de lana más suave y bonito que podía haberse imaginado. Era de manga larga, por la rodilla, con un sencillo cuello cuadrado, y le sentaba como un guante. Aunque odiaba admitirlo, le encantaba.

Tampoco le gustaba reconocer que contradecía la opinión que tenía de él como mujeriego caprichoso que, después de haber cerrado el trato con ella, quería vestirla como una muñeca. Era un vestido elegante y, sin duda, él lo había pensado bien a la hora de elegirlo. Había anticipado cuál sería el atuendo perfecto para darle seguridad en una embarazosa fiesta sorpresa de compromiso.

Cuando Sammy volvió al pasillo, se le habían bajado los humos. Lo encontró apoyado en la pared, donde lo había dejado, revisando su móvil.

Leo la miró con expresión indescifrable, se enderezó y la felicitó por haber sido tan rápida en cambiarse.

No le dijo ni una palabra sobre su aspecto, observó Sammy con cierta decepción. Pero nada de eso era real, se recordó a sí misma, así que no importaba.

–¿Estoy más presentable así? –preguntó ella, casi sin pensar las palabras.

–Mucho mejor que con las ropas de combate –murmuró él y le abrió la puerta del coche para que subiera–. Ahora solo necesitamos alguna que otra sonrisa y alguna mirada tierna para que el papel resulte creíble al completo.

–Eres muy frío, ¿verdad? –comentó ella. Sin poder evitarlo, pensó que, además, era increíblemente guapo–. Mientras que tu padre es un hombre muy cálido.

–Y mira lo que ha conseguido con eso –respondió él–. Después de la muerte de mi madre, no pudo soportar la soledad y eso le llevó a terminar con Georgia. ¿Necesito ser más explícito?

–Estaba muy vulnerable –lo disculpó ella, sin poder quitarle los ojos de encima.

–Estaba vulnerable porque se dejó llevar por sus emociones. Si eso no te convence de que es mejor aparcar las emociones, piensa en Sean. Admito que nunca fue el chico más centrado del mundo, pero, quién sabe, podría haber logrado algo si no se hubiera dejado llevar por Louise.

–¿Así que propones encerrar tus sentimientos en una caja y tirar la llave?

–A mí me ha funcionado muy bien a lo largo de los años.

Sammy podía entender por qué su padre necesitaba con tanta desesperación contactar con Adele. Primero, porque era un hombre amable, cariñoso y efusivo. Pero también porque no tenía ninguna esperanza de que su propio hijo se casara y tuviera descendencia y, quizá, veía a Adele como su única oportunidad de tener una nieta.

–¿No piensas casarte... de verdad?

–Depende de lo que quieras decir –repuso él con tono seco–. No voy a embarcarme en expectativas irreales sobre un romance de cuento de hadas que dure para siempre. Ni hablar. Pero, tal vez, puede que en algún momento de mi vida considere la posibilidad de unirme a una mujer con quien comparta intereses intelectuales, una persona que sea económicamente autosuficiente y que esté lo bastante ocupada como para no necesitar mi atención todo el tiempo. ¿Quién sabe? Es una opción, aunque no está entre mis planes inmediatos.

–Suena muy divertido –comentó ella, sin poder resistirse.

Leo soltó una carcajada sensual y varonil que incendió zonas inesperadas en el cuerpo de Sammy.

–Por supuesto, tendría que haber ciertos detalles más para que la unión funcionara –señaló él.

–¿Como cuáles?

Cuando Leo apartó los ojos un segundo de la carretera para posarlos en ella, Sammy se puso roja como un tomate porque comprendió a qué detalles se refería.

Avergonzada, giró la cabeza y se concentró en mirar por la ventanilla, mientras él rompía a reír de nuevo.

–Ya ves que este pequeño equipo de rescate es una molestia para mí tanto como lo es para ti –observó él tras unos minutos–. No solo he tenido que aparcar mis hábitos de trabajo, sino también...

–Lo entiendo –le interrumpió ella, incómoda.

Leo se rio de nuevo.

–¿A ti no te pasa lo mismo?

–Yo no cambio de novio como quien se cambia de calcetines.

–¿Quieres decir que yo sí lo hago?

–¿No es así?

–No busco el amor eterno –confesó él–. Pero me gusta divertirme y me gusta estar en compañía de mujeres que se divierten conmigo.

–Pues me alegro de que este sea un compromiso falso –repuso ella, airada, mientras no podía dejar de imaginárselo divirtiéndose con otras mujeres.

–¿Tú sí estás buscando a tu alma gemela?

–Eso es. Y no tiene nada de malo –se defendió ella. Al pensar en sus exnovios, se dijo que no importaba que no hubiera encontrado a la pareja perfecta por el momento. Para buscar al príncipe azul, había que besar una o dos ranas.

–Bueno, cada uno a lo suyo –dijo él, y se encogió de hombros con indiferencia–. Como he dicho antes, es una de las razones por las que el nuestro es un buen trato. Ni siquiera compartimos la misma visión de las relaciones. Ahora, hablemos sobre cómo nos hemos conocido y cuánto tiempo llevamos saliendo.

Estaba nevando cuando llegaron a Happenden Court, que se hallaba en lo alto de una colina. Se llegaba hasta allí por una larga avenida bordeada de árboles. En verano, el paisaje era precioso, pero, en esos días, bajo el viento frío y cortante, daba una imagen un tanto desoladora, sobre todo, cuando la noche se acercaba.

Sin embargo, la casa estaba muy iluminada.

A Sammy le encantaba esa mansión. Era demasiado grande para un hombre solo, eso era cierto. Pero Harold vivía en una zona del edificio nada más y abría el resto solo en ocasiones especiales. En verano, la gente adoraba visitar los jardines y las partes más antiguas de la mansión.

Harold afirmaba que no podía separarse de su propiedad, aunque fuera enorme y cara de mantener. Guardaba demasiados recuerdos, tal y como le había contado a Sammy en una ocasión.

—Necesita algo más pequeño —comentó Leo, leyéndole el pensamiento a su compañera de viaje, mientras aparcaba en el patio—. Pero, por muy sentimental que sea, también es tozudo como una mula. Recuerda poner cara de sorpresa cuando entres por la puerta.

—No me digas que va a estar allí el pueblo entero, escondido en el salón.

—Espero que no. Creo que la mayoría de los invitados tienen más de setenta años. Y recuerda mirarme como si hubieras encontrado el amor verdadero.

—¿Por qué? ¿Crees que también habrá paparazzi? —preguntó ella con tono seco.

Sammy sabía que había firmado un pacto con el diablo y que debería cumplir su parte, en vez de estar todo el rato quejándose. Además, Leo tenía razón. Le gustara o no, las dificultades económicas que le habían quitado el sueño en el último año serían borradas de un plumazo. Igual que una maestra borraba con el borrador lo escrito en tiza en una pizarra y podía empezar en limpio.

¿Cuántas veces había fantaseado con poder hacerlo?

Sin embargo, cada vez que lo miraba, sabía que iba a pagar un alto precio por su trato. Leo la hacía sentirse incómoda, insegura. Entre eso y sus reparos morales, las siguientes semanas no iban a ser tan fáciles.

¿Cómo podía fingir estar enamorada de un hombre que la incomodaba tanto? Ellos dos eran demasiado diferentes. No hacía falta más que verlos para adivinar su farsa. Sobre todo, Gail Jamieson se daría cuenta, ya que tenía mucho que perder si no ganaba la custodia de su nieta. Irían a Australia y, allí, tendría que representar la parodia delante de personas que no serían tan comprensivas y bienintencionadas como las que esperaban dentro en la casa. Además, engañar a gente que conocía desde pequeña la llenaba de ansiedad.

Por muy amables que fueran y muy contentos que estuvieran por la feliz pareja, ¿no iban a detectar enseguida lo falso de sus sonrisas? Tal vez decidían seguirles el juego sin más, como haría su madre, con quien había tenido una larga conversación telefónica el día anterior.

—Justamente de eso te estoy hablando —dijo él, después de haber parado el motor del coche.

Sammy estaba pensando en su madre. Se había mostrado emocionada por el plan, a pesar de que su hija se lo había contado en tono de agobio y resignación.

Quizá, era porque su madre sabía mejor que ella lo mucho que había sufrido Harold por no poder ver a su nieta. Y había sido testigo de cómo Gail se había vuelto cada vez más exigente respecto a la ayuda económica que le había solicitado a Harold a lo largo de los años.

Por otra parte, nunca le habría dicho a su hija que había tomado una decisión equivocada. Si no hubiera estado de acuerdo con ella, se habría guardado sus opiniones para sus adentros, pues siempre había tenido el hábito de apoyar a Sammy en todo.

Las dos habían formado un equipo durante mucho tiempo.

—¡Sammy!

—¿Eh? —dijo ella, saliendo de sus pensamientos.

Leo se pasó la mano por el pelo con frustración, frunciendo el ceño. Sammy no había prestado atención a nada de lo que él acababa de decirle.

—Estaba hablando contigo.

Su tono irritado, de pronto, devolvió a Sammy al presente y aligeró su humor. Lo miró divertida, al ver que parecía un niño contrariado.

—¿Te importa compartir el chiste? —preguntó él con una mueca.

—¿Estás enfadado porque no te estaba dedicando mi atención al cien por cien? —replicó ella con una sonrisa—. Supongo que no estás acostumbrado a que las mujeres te ignoren.

—No seas ridícula.

—¡No lo soy! Pero que seas mi novio no significa que tenga que estar de acuerdo con todo lo que digas y prestarte atención de inmediato cada vez que lo requieras.

—Rebelarte y ponerte peleona no va a sernos de ayuda para convencer a nadie de que estamos enamorados. Ahora, vamos allá. Están esperándonos. No olvides mostrarte sorprendida. No hay nada peor que alguien que no se inmuta con una fiesta sorpresa.

Casi en la puerta, Sammy se paró un momento y se agarró de su brazo.

Leo la miró, esperando encontrarla con gesto ob-

cecado y desafiante. Sin embargo, ella parecía vulnerable y preocupada.

Su piel era suave y satinada, sus rasgos dulces y
delicados. Sammy se había asegurado de no destacar
ninguno de sus atractivos para pasar siempre desaper-
cibida.

Pero, cuanto más la observaba Leo, más hermosa
la encontraba.

Meneando la cabeza para centrarse en la tarea que
tenía por delante, él metió la llave en la cerradura,
abrió la puerta y se hizo a un lado para dejar que ella
pasara delante.

Habían pasado varias semanas desde la última vez
que Sammy había visitado la mansión. Como siempre, se quedó unos minutos parada en la entrada, asi-
milando su magnificencia única y espectacular.

A pesar del interés histórico del edificio, conseguía
ofrecer un aire de actualidad, probablemente por la
ecléctica elección de los muebles y los preciosos ob-
jetos decorativos que los padres de Leo habían reu-
nido a lo largo de los años.

Mariela, procedente de una familia rica, había llevado consigo cuadros y piezas de arte de una belleza
exótica que le daban a la casa un aura muy especial.
Sobre la mesa circular del pasillo, había un enorme
ramo de flores frescas. Sammy se detuvo para inspirar
su aroma, tan poderoso como el incienso, olvidando
temporalmente dónde estaba.

Pero aquel paréntesis de paz no duró mucho.
Cuando oyó el murmullo de voces tras una de las
puertas, titubeó.

—Levanta la barbilla —ordenó Leo—. Estamos enamorados. No te pongas como si tuvieras una cita en el
cadalso.

Leo comenzó a caminar con decisión hacia el sa-

lón, mientras ella lo seguía con pasos inseguros, preguntándose cómo iba a poder fingir sorpresa y, al
mismo tiempo, estar enamorada. Iba a tener que echar
mano de sus talentos más ocultos, se dijo.

Leo llamó a la puerta del salón con los nudillos, la
abrió y se hizo a un lado. Cuando Sammy respiró
hondo y titubeó, él la tomó entre sus brazos y le sujetó
la cara entre las manos. Sonreía.

Durante un segundo, Sammy dejó de pensar en
nada. Era una sonrisa dedicada a ella y, mientras se
perdía en sus ojos, sintió que el resto de la habitación
se desvanecía a su alrededor... las voces, la gente, las
risas.

Sammy se olvidó incluso de respirar.

Le ardía el cuerpo, tenía los pezones endurecidos y
una extraña sensación entre las piernas.

–Cariño –dijo Leo, riéndose–. Una pequeña fiesta
sorpresa para nosotros. Quería decírtelo, pero me hicieron jurar que guardaría el secreto...

Sus palabras, pronunciadas en voz lo bastante alta,
generaron un aplauso entre los presentes. Eran, al
menos, cuarenta personas del pueblo, gente que ella
conocía de toda la vida.

Era su turno de mostrarse sorprendida.

Cuando iba a girar la cabeza, él la sujetó, se inclinó
hacia ella...

Y la besó. Cuando le recorrió el labio con la punta
de la lengua, Sammy entreabrió la boca y se apretó
contra él, ansiando sentir su masculino cuerpo. El
sabor de su lengua la incendió como si fuera un vol-
cán en erupción.

Sammy no entendía la poderosa e inmediata respuesta de su propio cuerpo ante sus caricias. Solo sabía que no podía hacer nada para evitarla.

Entonces, Leo se apartó, dejándola temblorosa y

anonadada, con los labios hinchados por el beso y los ojos brillantes.

–Excelente –le murmuró él al oído–. Creo que podemos asegurar que has perdido el pánico escénico. No podríamos haber resultado más convincentes.

Capítulo 4

TODO el pueblo sabía ya que el hijo de Harold Morgan-White iba a casarse con la adorable Sammy Wilson. ¿No era fantástico, después de que Harold llevara años quejándose de un hijo que parecía que nunca iba a sentar la cabeza?

–Si no nos escapamos pronto, la próxima sorpresa incluirá un sacerdote, un órgano y una marcha nupcial –le había dicho Leo al oído a Sammy, cuando el último de los invitados se había despedido ya.

–Nuestros padres nunca lo permitirían –había respondido ella–. No cuando saben que esto no es real –había añadido. Aunque no se había notado para nada por el modo tan efusivo en que el padre de Leo y su propia madre les habían dado las felicitaciones.

Sammy sabía que, para ojos ajenos, ella podía haber resultado igualmente emocionada, pues se había pasado el resto de la velada recordando el beso abrasador que él le había dado. La había tomado por sorpresa y había hecho lo único que había podido dejarla sonrojada y sin palabras.

Por si acaso ella se olvidaba de que, supuestamente, eran una pareja enamorada, además, Leo se había quedado pegado a su lado toda la noche. La había rodeado de la cintura en un gesto posesivo y a nadie se le había ocurrido cuestionar su repentina historia de amor.

¿Qué había pasado con el sentido común?

Sammy no podía comprender cómo se había dejado afectar tanto por un beso que solo había sido una treta para convencer a los presentes de su farsa. Sí, Leo era un hombre guapo, sofisticado y sexy, pero eso no lo explicaba por sí solo.

Desde ese día, Sammy no había vuelto a verlo. Él había regresado a Londres para cerrar unos tratos de negocios antes de su viaje a Australia. Ella había aprovechado esos días para entregar su dimisión, para disgusto del director del colegio.

En ese momento, parada ante la maleta en la casa de su madre, se sentía como si estuviera subida a una montaña rusa que ganaba velocidad por momentos.

No podía dejar de mirar el anillo de compromiso que tenía en la palma de la mano, preguntándose cómo podía haberse metido en ese lío.

Pero no era ningún misterio.

Leo había apelado a su deseo de aliviar el estrés de su madre, a su preocupación por el dinero y por la deuda que tenían con el banco. Y había recurrido a su sueño de trabajar en lo que más le gustaba y convertirse en una diseñadora gráfica independiente.

Él había sabido ofrecerle lo que más ansiaba. Pero había puesto un precio, pues nada era gratis.

Por otra parte, Sammy había sentido desde el principio empatía por su causa. Tenía mucho cariño a Harold y comprendía que, en ese caso, el fin podía justificar los medios, por mucho que odiara la mentira. También había oído bastantes cosas de Gail Jamieson y de Sean como para saber que Adele no tendría un hogar feliz si se quedaba en Australia con su abuela, que era una mujer interesada y fría.

Sin embargo, también estaba segura de lo difícil que iba a resultarle representar el papel de novia enamorada, pues Leo la desestabilizaba demasiado.

A ella nunca le había gustado la forma en que él trataba a las mujeres y desaprobaba su visión de las relaciones amorosas. Y, aunque eso no debería importarle, pues su vínculo era solo un trato de negocios, por alguna razón sí la afectaba.

Su madre la llamó desde la planta de abajo, sacándola de sus pensamientos. El coche había llegado a recogerla.

Cuando bajó con la maleta, se encontró a su madre esperándola al pie de las escaleras.

–¿Estás segura de que estarás bien mientras estoy fuera? –preguntó Sammy con preocupación–. Solo serán diez días. Para entonces, Leo ya sabrá cuál es la conclusión de su batalla por la custodia.

Su madre tenía el rostro iluminado. Y eso también preocupaba a Sammy. Esperaba que no tuviera la ilusión de que la farsa se hiciera realidad. Aunque no era el momento de angustiarse por eso. El chófer estaba fuera.

–Voy a estar bien, cariño. Amy va a venir todas las mañanas y no tengo ninguna cita en el hospital hasta que tú estés de vuelta. Vete y diviértete. Hace mucho tiempo que no te tomas unas vacaciones.

–Mamá –le susurró Sammy, mientras el chófer entraba, saludaba con la cabeza y salía de nuevo con la maleta–. No me voy de vacaciones. Recuerda lo que te dije... Ya sabes que nada de esto es real, ¿verdad?

Su madre sonrió para tranquilizarla.

–Opino que haces lo correcto, cariño. Harold está muy contento porque cree que este asunto se va a arreglar de una vez por todas.

–Bueno, nadie sabe lo que va a pasar –puntualizó ella, tensa.

–Todo irá bien con Leo al mando.

Sammy levantó los ojos al ciclo en un gesto burlón.

–No es un caballero andante... ¡No puede ganar todas las batallas!

–Harold tiene mucha fe en él y... por cierto, Sammy, estás preciosa.

–Mamá, tengo que irme –dijo ella, sonrojada.

Mientras el coche recorría el trayecto entre Salcombe y Londres, Sammy se preguntó qué pensaría Leo cuando ella se quitara el abrigo y la chaqueta que se había puesto sobre unos pantalones de color crema y una blusa a juego, y cuando unas bailarinas sustituyeran las pesadas botas de nieve que llevaba. Había estado nevando cuando había salido de Devon y estaba cubierta con ropa de invierno, guantes y bufanda, aunque con la ropa que llevaba debajo había hecho un gran esfuerzo por dar una imagen elegante y cuidada.

Por supuesto, Leo no la miraría con ojos apreciativos, pues ya le había dejado claro al principio que era perfecta para el papel porque no le resultaba atractiva. A menos que las circunstancias requirieran que se acercara a ella y fingiera lo contrario.

Era una empleada nada más y, si no fuera por su absurda situación, a Leo jamás se le ocurriría buscar su compañía.

Cuando llegaron al aeropuerto, el chófer la ayudó a salir, sacó su maleta y la acompañó al mostrador de la línea aérea. Quizá, como Leo era tan rico, tenía algún acuerdo especial con el aeropuerto que le permitía a su chófer dejar el coche justo en la puerta, se dijo ella.

Sammy nunca había sido tratada con tanto mimo, como una reina, y lo cierto era que le encantaba.

La gente que había esperando se apartó para dejarlos pasar. La miraban y cuchicheaban. Alguien le tomó una foto. Sammy se sentía como un personaje de la realeza.

Con las mejillas sonrojadas, vio que Leo la estaba esperando en la sala de primera clase.

La observó con atención mientras se acercaba. Llevaba el pelo suelto alrededor del rostro con forma de corazón, cayéndole en rizos y tirabuzones sobre los hombros. Tenía todos los tonos de rubio, desde el vainilla al dorado, y relucía.

La claridad de sus ojos de color turquesa, resaltados por oscuras pestañas, le obligaba a no dejar de mirarla.

—Estás aquí —dijo él, apoyado en el mostrador, mientras el chófer se ocupaba de facturar las maletas.

—¿Pensabas que no me presentaría?

—La última vez que nos vimos, tu actitud no me daba mucha seguridad.

Sammy se sonrojó. El aroma de Leo la invadía y la abrumaba. Dio un pequeño paso atrás.

—Me alegro de ver que llevas el anillo —observó él, tomó su mano y se la contempló desde distintos ángulos.

—Me lo he puesto en el coche —confesó ella—. No quería que mi madre me viera con él.

Ya habían facturado y se dirigían directos a la sala de embarque de primera clase. Sammy le seguía el paso anonadada, sintiéndose el blanco de todas las miradas. Era agradable sentirse importante. Leo despertaba un irresistible interés y ni siquiera parecía darse cuenta de ello.

—¿Por qué no?

—Ella sabe que esto es solo... una... una farsa, pero...

—Pero ¿qué?

—No quiero que se le meta en la cabeza que puede convertirse en algo real.

—No —negó él, mirándola a los ojos—. Estoy seguro de que no será así.

–Sí, bueno, nunca se sabe –repuso ella, deteniéndose un momento para mirar a su alrededor. La sala de espera donde la había llevado era un espacio increíblemente lujoso, la clase de sitio que solo frecuentaban los más ricos y los más famosos–. Vaya –murmuró con gesto de admiración.

–¿Vaya? –preguntó él, arqueando las cejas, sorprendido por su sincera reacción. Era una mujer tozuda y combativa. Sin duda, sería todo un reto convivir con ella los próximos diez días. Pero nadie podía acusarla de no decir lo que pensaba.

–Nunca había viajado así en mi vida –admitió ella–. De hecho, solo he subido a un avión dos veces y no se parecía en nada a esto.

–Puedes quitarte el abrigo y sentarte –indicó él, que jamás prestaba atención al lujo que lo rodeaba allá donde iba. En ese momento, se fijó en la sala de espera, que ciertamente estaba destinada solo a la élite. Cualquiera de las mujeres con las que él solía salir, se hubiera quitado ya el abrigo y se habría dado unos paseos por la sala para asegurarse de captar todas las miradas. Sammy seguía embutida en su grueso chaquetón. Parecía que, incluso, se había apretado más fuerte el cinturón.

–Me estabas hablando de que tu madre podría hacerse una idea equivocada... –dijo él, y empezó a sacar el portátil de su maletín de mano, echándole un vistazo distraído a los titulares del periódico que había sobre la mesa.

Entonces, levantó la vista.

Sammy se había quitado el abrigo y la bufanda. Se había agachado para quitarse las botas.

La blusa que llevaba se ajustaba a sus pechos, igual que los pantalones abrazaban cada contorno de su atractivo trasero y sus largas piernas. Ella no lo estaba mirando. Estaba ocupada desabrochándose las botas y guardándolas en una bolsa, de donde había sacado unas bailarinas de color crema.

No llevaba ropa provocativa. Pero, aun así, logró captar su atención y dejarlo hipnotizado.

Una vez que hubo doblado y guardado la ropa y las botas, Sammy se enderezó y se volvió hacia él.

Durante unos segundos, ella contuvo el aliento y se preguntó si Leo comentaría algo sobre su vestuario. Cuando no fue así, una profunda decepción la invadió, aunque trató de sonreír de todas maneras.

Se recordó a sí misma que no había nada entre ellos y que, por lo tanto, él no tenía por qué hacerle ningún cumplido. Siempre que ella representara bien su papel, no había por qué ir más allá.

—Sí... —repuso ella, retomando la conversación sobre su madre. Se sentó y se colocó el pelo detrás de las orejas—. Creo que mi madre está un poco vulnerable a causa de su enfermedad. Siempre ha sido una mujer fuerte y lo que ha vivido el último año le ha afectado mucho —continuó con el ceño fruncido—. Por algunos comentarios que me ha hecho, sé que le preocupa mucho que me quede soltera —confesó y se rio, un poco avergonzada—. Piensa que, si le pasara algo a ella, yo debería tener a alguien a mi lado.

—¿Y crees que eso puede darle esperanzas de que nuestro compromiso se haga realidad? —preguntó él, aunque estaba más volcado en mantener su libido a raya que en la conversación. No entendía por qué Sammy se esforzaba en ocultar su cuerpo, cuando tenía la clase de curvas que podían hacer perder la razón a un hombre.

—Me dijo que me divirtiera en Melbourne, pues hacía mucho tiempo que no tenía vacaciones.

—¿Y crees que eso no va a suceder?

Sammy abrió la boca para preguntar cómo diablos iba a relajarse y divertirse cuando tenía que estar en su compañía, fingiendo ser su prometida.

Pero no lo hizo.

—He pasado tanto tiempo preocupada por tantas cosas que se me ha olvidado cómo relajarme —comentó ella.

—Pues tendremos que cambiar eso.

—¿Qué quieres decir?

—Las parejas que van a casarse visitan sitios, exploran, buscan aventuras y diversión.

—¿Bromeas?

—¿Por qué iba a bromear, Sammy? Tenemos que resultar convincentes y, si nos pasamos el tiempo libre en puntas opuestas de la ciudad, pronto Jamieson descubrirá el pastel.

—Pero ella no va a seguirnos a todas partes, ¿o sí?

—A mí no me sorprendería nada, viniendo de esa mujer —contestó él con sinceridad—. Piénsalo bien. Si pierde la custodia de Adele, pierde acceso a mi dinero. Yo no le debo nada. No es familia mía, ni de mi padre siquiera. Mientras se aferre a la niña, tiene garantizados unos ingresos porque ni mi padre ni yo queremos que Adele sufra penalidades económicas. Puede que no tenga un vínculo de sangre con mi padre, pero él siente que es su nieta de todas maneras. Por eso, la señora Jamieson hará todo lo posible para desacreditarme. La forma más rápida es convencer al juez de que no soy el hombre estable y a punto de casarse que aseguro ser.

—Supongo.

—Así que tendrás las vacaciones que tu madre quiere para ti —afirmó él—. Ahora, ¿quieres algo de comer? —ofreció, señalando a un mostrador lleno de deliciosos aperitivos—. Si voy a tener que pelear por la custodia y, al mismo tiempo, disfrutar de las vacaciones contigo durante los próximos días, más me vale adelantar algo de trabajo mientras estamos aquí.

A pesar de lo que Leo le había dicho, Sammy sospechaba que, en Australia, a nadie le importaría un pimiento lo que hicieran, ni si estaban enamorados o no. Y, aunque había oído toda clase de rumores sobre lo horrible que era Gail, no podía imaginársela siguiéndolos a todas partes para destapar su mentira.

Sammy estaba agotada y aturdida después de veintidós horas de vuelo. Leo había comprado todos los asientos de primera clase, porque no había querido compartir el espacio con nadie. Pero, a pesar de las comodidades y el lujo a bordo, era cansado estar tantas horas en el aire.

Acostumbrado a trabajar en cualquier sitio, sin embargo, Leo se había pasado la mayor parte del tiempo delante de su portátil.

−¿Tú no te aburres nunca? −preguntó ella. Ni la lectura ni las películas conseguían mantener su atención.

−En lo relativo al trabajo, siempre tengo energías. Además, tengo que cerrar unos cuantos tratos importantes antes de llegar a Melbourne. Como te he dicho, no suelo tener tiempo para holgazanear.

−¿Y cuándo fue la última vez que te fuiste de vacaciones?

−Empiezas a hablar como mi padre −dijo él con tono socarrón−. Por favor, hazme un favor y ahórrate el sermón sobre la tensión, el estrés y los ataques al corazón prematuros.

−No iba a darte ningún sermón −dijo ella−. Solo tenía curiosidad. Además, nada te obliga a pasar tu tiempo libre conmigo. ¿Sabe la señora Jamieson cuándo llegamos?

—No creerás que estoy haciendo este viaje con la esperanza de encontrarme con ella por casualidad, ¿verdad? He preparado citas con antelación con su abogado y tengo un equipo de personas trabajando para mí desde allí, esperándome. Me he asegurado de tenerla acorralada para el momento preciso. No quiero darle la oportunidad de echarse atrás.

Durante un instante, Sammy casi tuvo lástima por esa mujer. En ese mismo momento, entendió por qué Harold tenía tanta fe en que su hijo solucionaría el problema y conseguiría lo que se proponía.

Era un experto en lograr sus objetivos.

Sin embargo, Sammy seguía pensando que Leo era demasiado exagerado a la hora de llevar a cabo su farsa.

Un calor sofocante los recibió al llegar. El cielo estaba azul y despejado. Vestida con blusa y pantalones de algodón, ella empezó a sudar de inmediato.

Sabía que los recibiría un chófer. No había esperado que también los esperarían un enjambre de paparazzi.

Perpleja, se acercó más a Leo. Él la rodeó de la cintura y la condujo directa al coche que los esperaba.

Una vez dentro del vehículo, fresco por el aire acondicionado, Sammy respiró y miró a los fotógrafos que los rodeaban.

—¿Qué diablos están haciendo en el aeropuerto? —le susurró ella a Leo—. No lo entiendo. En Inglaterra no pasan estas cosas. ¡Además, nadie sabe que estamos prometidos, a excepción de la gente que estaba en la fiesta!

–¿Por qué crees eso?

–¿Cómo iban a saberlo? En la fiesta, no había nadie tomando fotos...

–Me he asegurado de darle la mínima publicidad.

–¿Qué quieres decir? –preguntó ella, mirándolo anonadada.

Leo tenía el torso girado hacia ella. Llevaba pantalones grises y un polo negro con una pequeña insignia bordada a un lado. Era un hombre sofisticado y, sí, tenía el aspecto de ser rico, poderoso, influyente. Perfecto para engatusar a las cámaras.

–Tengo una relación excelente con la prensa, en especial, con la prensa del corazón. Son como buitres. No dudarán en hacerte pedazos, si les apetece. Siempre es buena idea tenerlos de tu lado. Soy rico, soy poderoso, pero no soy una estrella de Hollywood. Cuanto menos publiquen sobre mí, mejor. Aunque entiendo que, a veces, tengo momentos que suscitan interés –afirmó él y se encogió de hombros.

Sammy se quedó perpleja. Era un mundo desconocido para ella, donde la rutina diaria de una persona podía convertirse en el centro de la noticia.

Empezaba a entender por qué la había considerado apropiada para el papel de su pareja. Ella era todo lo que él no era. Le daba un toque de normalidad, la clase de seguridad que los abogados tenían en cuenta a la hora de luchar por la custodia de una niña.

De pronto, se sintió culpable. Esa aura de seguridad solo duraría hasta que Leo se hiciera con Adele. Luego, la niña tendría que manejarse como pudiera.

Se consoló a sí misma diciéndose que, al menos, era mejor para la pequeña estar bajo la tutela de Leo y su padre que con su avariciosa abuela.

Sin embargo, no debía darle más vueltas. Al fin y al cabo, no era su problema, se repitió a sí misma.

Además, aunque conocía poco del mundo de los ricos y poderosos, sabía que muchos niños salían adelante sin problemas tras una infancia de caros internados y colegios privados.

—Conozco a un par de periodistas —continuó Leo, como si fuera lo más normal del mundo—. El truco es verlos como humanos y no como una especie de peste. Si lo haces, es más fácil que ellos te traten como si fueras humano a ti también. En cualquier caso, en Londres, difundí que estaba prometido, pero avisé de que no habría un anuncio oficial. Pensé que era lo apropiado, dadas las circunstancias, teniendo en cuenta que nuestro compromiso terminará cuando sea preciso.

—No te entiendo.

—Me escucharon e hicieron lo que les pedí.

—Eso hace la gente siempre, ¿no? —murmuró ella.

Leo asintió.

—Aquí las cosas son distintas. No controlo a la prensa australiana. Si alguien te pide una entrevista, ignóralo. Puede que no sea tan conocido aquí como en Londres, pero tengo intereses financieros en esta parte del mundo y... —dijo él y, sonrojándose, hizo una pausa abrupta.

—¿Y qué? —quiso saber ella con curiosidad.

—He adquirido cierta notoriedad por haber salido con una actriz australiana hace un año.

—¿Ah, sí? —dijo ella. Había estado tan ocupada cuidando de su madre enferma en el último año que no se había enterado de nada de lo que había pasado a su alrededor y, menos, de las noticias de la prensa del corazón.

—Vivienne Madison.

—¡Vaya! No tenía ni idea. ¿Y qué pasó?

—Me sorprende que no lo supieras —comentó él—,

teniendo en cuenta que seguías mi vida en la prensa rosa en el pasado.

–Hace un año estaba ocupada con otras cosas –admitió ella–. Mi madre estaba en tratamiento y yo... apenas podía concentrarme ni en mi trabajo ni en nada. No creo que leyera ni una revista en esos meses.

–En resumen, la encontraron con un frasco de píldoras en un hotel y la prensa decidió ir a por mí.

–¿Quieres decir que trató de suicidarse porque la abandonaste? –preguntó ella, horrorizada. De pronto, su estilo frívolo de vida, su actitud seductora, le resultaron más peligrosos que nunca.

Leo adivinó su disgusto. Por lo general, no se sentía inclinado a dar explicaciones de su comportamiento o sus decisiones. Siempre que él se mantuviera fiel a su propio código de honor, ¿qué le importaba lo que pensaran los demás?

Pero, por alguna razón, no le gustaba lo que intuyó que Sammy estaba pensando.

–Vivienne Madison era una mujer muy inestable. Cuando salí con ella, descubrí que tenía un problema con el alcohol. Después, supe que estaba enganchada a las pastillas. Pero era una actriz increíble y consiguió ocultar ambas adicciones –señaló él y suspiró con genuina lástima–. Enseguida, desarrolló también dependencia emocional hacia mí, aunque yo le había dicho desde el principio que no tenía intención de sentar la cabeza. Sin embargo, era una mujer muy impulsiva y sus adicciones la hacían más irracional todavía. Yo sabía que debía terminar nuestra relación, aunque antes me aseguré de que ella empezara a ir a un buen psicólogo y a un centro de rehabilitación. No la quería en mi vida, pero eso no significaba que fuera a deshacerme de ella como si fuera basura. La verdad es que sentía mucha tristeza por ella.

Sammy estaba impresionada. Que aquel hombre implacable y frío fuera capaz de sentir compasión por una examante era algo inesperado.

No significaba nada, aunque le permitía verlo desde otra perspectiva. Era innegable que para Leo no era agradable contar esa historia. Sin duda, lo había hecho por si salía el tema y ella no sabía nada. Como su prometida, todo el mundo esperaría que estuviera al corriente de lo que había pasado con la señorita Madison.

—El incidente de la sobredosis ocurrió varias semanas después de que nos hubiéramos separado, pero la prensa australiana obvió ese detalle. Más tarde, me dedicaron una disculpa, cuando descubrieron que el intento de suicidio había sido provocado porque uno de los psiquiatras del centro de rehabilitación la había rechazado como amante. En cualquier caso, mi nombre está asociado al suyo por estas tierras.

—¿Y sigue en contacto contigo?

—Nada de eso —aseguró él.

Aquel fue el final de la conversación. Sammy pudo leerlo en su rostro y se quedó pensando que casi comprendía la aversión que él sentía por las situaciones emocionales. Tenía demasiada experiencia en lidiar con su lado negativo.

—Entonces, tenemos una agenda apretada —comentó ella, cambiando de tema.

—Reuniones con abogados, sobre todo. Supongo que tendré que darle alguna clase de compensación económica a la señora Jamieson, si me quedo con la custodia. Serán diez días muy ocupados.

—Ya veo que no habrá mucho tiempo para tomar el sol.

—Bueno, bueno —repuso él—. ¿Es esa una actitud apropiada para una recién prometida? Seguro que encontraremos tiempo para escaparnos y visitar los lugares más bonitos de Melbourne, sobre todo, si tenemos a periodistas hambrientos de noticias pisándonos los talones. Si Jamieson quiere jugar sucio, seguro que ha contactado con la prensa y les ha contado qué hago aquí. Sin duda, la historia tiene todos los ingredientes para ser un jugoso bocado para las revistas del corazón, y más teniendo en cuenta mi pasada relación con Vivienne. Pero no te preocupes –añadió y le acarició el brazo con suavidad–, todo acabará enseguida y podrás retomar tu vida.

Capítulo 5

NO TARDARON mucho en llegar a un grandioso hotel. Era extraño estar en una ciudad tan vibrante y, al mismo tiempo, saber que el mar estaba a un paso de allí. Sammy creyó percibir su aroma salado en el aire.

Y la gente parecía diferente. Sonriente, bronceada, a un ritmo más tranquilo. Debía recordarse a sí misma que aquellas no eran las vacaciones que necesitaba, aunque no podía evitar sentirse en un relajante paréntesis. Hasta que los condujeron a la suite reservada y, tras mirar a su alrededor, descubrió que solo había un dormitorio.

–¿Y la otra habitación? –preguntó ella en voz baja, en cuanto el mozo de equipaje los hubo dejado a solas.

Leo, impertérrito como siempre, se dirigió a la cocina y sacó dos botellas pequeñas de agua fría del frigorífico.

–Aquí se bebe el agua a litros –comentó él–. Te recomiendo que lleves una botella en el bolso siempre que salgas. El calor puede ser abrasador y debes tener cuidado con no deshidratarte.

Sammy tomó la botella que él le ofrecía.

–Muchas gracias por tus consejos de salud, Leo, pero ¿dónde está mi cuarto?

Leo siguió bebiendo, mirándola por encima de su

botella. Luego, tiró el recipiente vacío y se dirigió hacia el salón. Con la cabeza, hizo un gesto hacia el dormitorio.

–¿Qué? –preguntó ella, siguiéndolo.

Leo abrió su portátil sobre una mesa, centrando su atención en la pantalla.

–Leo, ¿podrías mirarme por lo menos cuando intento hablar contigo?

–Querías saber dónde está tu cuarto y te lo he indicado. Está detrás de mí y, sí, solo hay un dormitorio.

–Pero...

–Pero ¿qué esperabas, Sammy?

–¡No solo un dormitorio con una única cama!

–¿No? ¿Acaso pensabas que iba a reservar habitaciones separadas? ¿Las querías en plantas diferentes también?

–Me estás malinterpretando a propósito.

–Nada de eso. Francamente, creo que eres tú quien no quiere entender la situación. ¿De verdad te imaginabas que una pareja que acaba de prometerse dormiría en cuartos separados?

–No lo había pensado –reconoció ella.

–Hoy en día, las parejas tienden a compartir cama. Después de todas las molestias que me he tomado, no puedo arriesgarme a que nadie sospeche que nuestro compromiso no es lo que parece.

Por supuesto, él tenía razón, pensó Sammy. Vivían en una época en que la convivencia antes del matrimonio estaba a la orden del día.

Sammy no había pensado con antelación en nada de eso. Igual que tampoco había anticipado toda la expectación que suscitarían a su alrededor.

Se preguntó cómo no se había dado cuenta antes de lo diferentes que eran sus mundos. Quizá, era porque antes nunca lo había visto fuera del entorno rural de la casa de su padre. Había llegado a crecr, incluso, que era un tipo normal.

Pero Leo no tenía nada de normal. La atención que despertaba no iba a permitir que pasaran desapercibidos durante su estancia en Australia.

—Estaremos juntos en esto durante la próxima semana y media. Es mejor que te acostumbres cuanto antes.

—Menos mal que solo será una semana y media —comentó ella con sinceridad, dejando escapar un suspiro—. No creo que pudiera soportarlo mucho tiempo más.

—¿De veras?

Leo habló con tanta incredulidad y sarcasmo que Sammy lo miró irritada.

—No me gustaría vivir dentro de una pecera dorada —afirmó ella—. Sería horrible pensar que podía haber gente esperándome con sus cámaras en todas partes, aguardando para conseguir una exclusiva sobre mi vida.

—Aun así, parecías muy impresionada por el vuelo en primera clase, el trayecto en coche con chófer...

Ella se sonrojó. Y lo odió porque tenía razón. Había disfrutado como una niña de la sensación de ser tratada como una reina.

—Es solo la novedad. Pronto, todo esto me aburriría —señaló ella y se encogió de hombros, como si estuviera cansada de la conversación.

—Mejor así —murmuró él—. Porque la novedad no durará mucho. Sería una molestia que te acostumbraras a ello.

—¿Cómo?

—Como te he dicho antes, eres perfecta para este papel porque no te gustaría prolongarlo. De hecho, el que no te guste este estilo de vida será muy útil cuando tengamos que explicar las razones de nuestra ruptura. Dos personas muy distintas, unidas por una poderosa atracción descubren que, al final, no tienen lo necesario para que una relación sea duradera. Pero volviendo al tema del dormitorio... Lo compartiremos. Me temo que tendrás que hacerte a la idea. No olvidemos que no has aceptado formar parte de esta farsa por ser una santa preocupada solo por el bienestar de mi padre. Estás en esto porque te pago bien.

Sammy se puso roja como un tomate. Leo había ido directo al grano y ella no podía discutirle su acusación.

También sabía que compartir el dormitorio no era un precio demasiado alto comparado con todo lo que iba a lograr a cambio. Además, ¿qué era lo que le preocupaba, exactamente? Era obvio que Leo no se sentía atraído por ella. Sus informes y su ordenador le resultaban mucho más interesantes. En cuanto salían de la escena pública, él no hacía intento de acercarse, ni siquiera la miraba como si perteneciera al sexo opuesto.

Así que Sammy se levantó, rígida.

–De acuerdo. Es lo justo.

Leo afiló la mirada. Ella había hecho un trato y, a la hora de la verdad, se estaba dando cuenta de que incluía algunas cláusulas con las que no había contado. Aunque la entendía, por lo que a él respectaba, cuando alguien firmaba un contrato, debía atenerse a todas sus condiciones, incluida la letra pequeña.

Sin embargo, Sammy no era como las mujeres con las que solía salir. Por supuesto, debía de tener experiencia en compartir cama con un hombre. No era una adolescente, después de todo. Pero eran extraños el uno para el otro y comprendía que eso podía ser un problema para ella.

Aun así, después de su primera reacción de protesta, lo había aceptado sin rechistar.

—Estás a salvo conmigo.

Sammy se quedó paralizada, con el corazón acelerado, mientras sus ojos se encontraban.

No supo qué responder. Ni qué pensar. La boca se le quedó seca y las cuerdas vocales, bloqueadas.

—No tienes que preocuparte —explicó él, rompiendo el silencio ensordecedor—. No voy a saltar sobre ti en medio de la noche. Me ofrecería a dormir en el sofá, pero me parece una bobada tener que buscar sábanas para hacer la cama en el sofá para, luego, tenerlo que quitar todo por la mañana.

—No me quejo —dijo ella al fin, fingiendo calma—. Solo necesito hacerme a la idea —añadió. Debía recordar que aquello era un trabajo y, como él le había señalado, parte del trabajo consistía en dormir a su lado. Pero no importaba. Tenía ropa más que decente para dormir. Sería como acostarse junto a una maceta—. Si no te importa, voy a darme un baño para refrescarme. ¿Cuáles son nuestros planes para mañana? —preguntó, tratando todavía de calmar sus nervios ante la perspectiva de compartir cama con él. En el fondo, dudaba poder imaginárselo como una maceta.

Leo le dedicó toda su atención durante unos segundos.

—Tendrás que conocer a la señora Jamieson. Mis abogados me han informado sobre la propuesta que han presentado ante sus abogados y mi instinto me dice que no va a estar muy contenta. Eso será por la tarde. Por la mañana, te sugiero que vayamos de compras.

—¿Por qué?

—¿Qué clase de respuesta es esa a una oferta de salir de compras?

–No me gusta ir de tiendas –admitió ella y ladeó la cabeza con gesto desafiante–. ¡Puedes ver por ti mismo por qué!

–¿Cómo dices?

Sammy extendió las manos, señalándose el cuerpo, y se rio.

–No tengo la anatomía de una modelo. Tú deberías ser el primero en darte cuenta, ya que estás acostumbrado a las mujeres perfectas.

–¿Qué tiene eso que ver? –inquirió él, confundido.

Sammy empezaba a arrepentirse de lo que había dicho. Pero, en lo relativo a su aspecto, estaba habituada a reconocer que no le gustaba. Si tomaba la delantera a la hora de reírse de sí misma, evitaba que otras personas se burlaran de ella.

–Cuando tienes una figura como la mía, ponerte delante de un espejo en los probadores es un mal trago –comentó ella con tono ligero, mientras se dirigía al dormitorio–. Es probable que no lo entiendas –añadió, cada vez más avergonzada.

–¿Y eso por qué?

–¡Ya sabes que eres un tipo guapo! –exclamó ella, asustada por cómo había girado la conversación desde su sencilla pregunta sobre los planes del día siguiente–. No creo que los espejos te causen ningún problema –señaló, sonrojada–. Además, ¿por qué quieres ir de compras? Hay miles de cosas que preferiría hacer en lugar de eso.

–Estoy de acuerdo contigo. Sin embargo, ahora salimos juntos, estamos prometidos y resultaría raro que vistieras con esas ropas baratas de grandes almacenes.

Sammy se quedó boquiabierta.

–Dijiste que no estabas interesado en decirme qué podía ponerme y qué no.

–Y no lo estoy, aunque confieso que es un alivio que no hayas venido con vaqueros y una camiseta gastada.

–Si no te importa lo que me pongo, ¿qué sentido tiene ir de compras? –insistió ella, irritada por el insulto subyacente a su insinuación–. ¡Apuesto a que nunca les has dicho a esas mujeres con las que sueles salir que querías llevarlas de tiendas porque no te gustaba su ropa!

–Es verdad –murmuró él, pensando en lo que ella había dicho sobre aborrecer los espejos. No entendía por qué no apreciaba su cuerpo. Su voluptuosa figura era poderosamente atractiva, pensó, recorriéndola con la mirada.

Sammy tenía piernas esbeltas, una cintura muy estrecha, combinada con pechos generosos y unas caderas sinuosas creadas para hacer las delicias de cualquier hombre.

Frunciendo el ceño, Leo apartó la mirada.

–Quizá, debería haber dado algunos consejos a mis exnovias para que usaran ropas que no fueran del tamaño de un pañuelo de papel –observó él, recordando que siempre habían ido vestidas con atrevidos y diminutos atuendos–. La ropa demasiado provocativa resulta aburrida para un hombre, a la larga.

–No lo dices en serio –le acusó ella, aunque le agradaba que él estuviera haciendo un esfuerzo por suavizar su ofensa.

–La clave no está en qué eliges ponerte, sino en su calidad.

–No puedo derrochar mis ahorros en ropa.

–Podrás, cuando termine esta farsa –aseguró él–. Por el momento, lo que trato de decirte es que una novia mía solo debe llevar lo mejor. Los mejores conjuntos y las mejores perlas, si eso es lo que le gusta.

Sammy soltó una carcajada.

–¡Estás de broma!

Leo frunció el ceño.

–¿Por qué lo dices?

–¡Leo, no soy la clase de chica que deja que su novio la vista! ¡Eso está muy pasado de moda!

–¿A qué clase de chica te refieres, si puede saberse? –repuso él, serio, contemplándola con gesto de advertencia.

Pero Sammy seguía riéndose, solo de pensar en que un hombre pagara su vestuario.

–Bueno, me refiero a cualquier cabeza hueca que va de tienda en tienda, feliz por que despliegues tu billetera a diestro y siniestro para llenarle el armario.

–¿Acaso alguna vez en tu vida te ha llevado un hombre de compras?

–Bueno...

–Eso es que no. Quizá, deberías probarlo antes de precipitarse en tus juicios. Debes entender que, como mi prometida, te trataré como a una reina. No pienso permitir que vayas a cualquier supermercado a buscar una ropa barata. Debes llevar lo mejor, me da igual el estilo que elijas.

–No compro mi ropa en un supermercado.

–Ya sabes a lo que me refiero, Sammy. Si lo nuestro fuera real, querría que llevaras solo lo mejor. Para mí sería un placer pagártelo.

Sammy se puso roja. El tono sensual y profundo de su masculina voz encajaba con la imagen que le presentaba de hombre posesivo, generoso y orgulloso de su mujer.

–Pero lo nuestro no es real –puntualizó ella, obligándose a poner los pies en el suelo antes de que aquellas ideas se le subieran a la cabeza.

–No –admitió él en voz baja–. Pero, como queremos que los demás piensen que es real, vas a tener que aguantarte e ir de compras –ordenó y arqueó las cejas con expresión especulativa–. Quién sabe... igual te gusta más de lo que esperas. Y, si al final resultas ser demasiado orgullosa como para quedarte las ropas que te he comprado, siempre puedes devolvérmelas. Se las podemos donar a una tienda benéfica.

Sammy no quería seguir hablando de ese tema. Sus pensamientos volvían sin remedio al hecho de que iban a compartir cama. Se dijo que era mejor no pensarlo. Sin embargo, cuando estuvo sola en el baño y se metió en la bañera, no pudo contener un angustioso sentimiento de aprensión.

Dejó el pijama doblado en una mesita circular. Era el baño más espacioso y lujoso que había visto nunca. Aunque estaba demasiado nerviosa como para disfrutar de la experiencia.

En ese momento, recordó cuando Leo le había preguntado si alguna vez un hombre la había llevado de compras. Su primer impulso fue condenar la idea. Sabía que no sería divertido elegir ropas con alguien a quien apenas conocía y que se sentía obligado a pagárselas. Aun así, allí estaba, disfrutando del esplendor de aquel hotel que él pagaba.

¿Cómo era posible? Sammy siempre había estado orgullosa de ser independiente. Desde temprana edad, había formado un frente común con su madre, tras la muerte prematura de su padre. Había aprendido a llevar el peso de la responsabilidad, algo que había sido puesto a prueba cuando su madre había caído enferma.

También había aprendido a no depender de algo tan frívolo como el aspecto físico. Incluso había sentido cierta superioridad sobre esas mujeres que se apoyaban en su imagen para escalar a la cima profesional.

¡Ella no pensaba usar artimañas femeninas para triunfar!

Pero algo en Leo le hacía sentirse femenina. Sin esperárselo, respondía a su aplastante masculinidad como una adolescente, ebria de sensualidad. La culpa, sin duda, era de aquella inusual situación que todavía no había aprendido a manejar, se dijo.

Pegó la oreja a la puerta del baño, para adivinar si él había entrado en el dormitorio adyacente, antes de abrirla. Llevaba el albornoz puesto y cerrado hasta el cuello, encima del pijama. Aun así, no tenía por qué preocuparse, pues no lo encontró allí. La enorme cama no había sido tocada.

Sammy no pensaba arriesgarse a investigar si él estaba en la suite. Podía estar tapada de los pies a la cabeza, pero estar en pijama le seguía resultando algo demasiado íntimo.

Se metió en la cama, apretada contra uno de los extremos, casi a punto de caerse, se acurrucó y, en poco tiempo, se quedó dormida.

Cuando se despertó, la luz del día se colaba por las cortinas.

Leo no estaba por ninguna parte, aunque su lado de la cama había sido usado.

Ella no tenía ni idea de cuándo se había acostado ni levantado. Eran más de las nueve, así que se duchó a toda prisa y se puso un barato y colorido vestido veraniego, acompañado de sandalias. Se peinó y se dejó el pelo suelto, y salió del dormitorio.

Leo había estado a punto de despertarla porque se estaba haciendo tarde, aunque había decidido dejarla dormir para recuperarse del viaje.

También había sentido una inexplicable reticencia a la hora de entrar en el dormitorio la noche anterior.

Cuando, por fin, se había acostado, ella ya estaba profundamente dormida. Cuando sus ojos se habían acostumbrado a la oscuridad, él había visto que se le había caído el edredón. Se le había subido la camiseta del pijama y, por debajo, podía verse el borde inferior de uno de sus pechos.

Leo se había sentido como un voyeur.

Clavado al sitio, había experimentado una erección. Y, por primera vez en su vida, había sido incapaz de controlar su libido mientras, inmóvil, se había quedado contemplando su pálida y cremosa piel.

Él había visto más mujeres desnudas que la mayoría de los hombres, pero no recordaba cuándo había sido la última vez que se había quedado hipnotizado por la visión de un pecho.

Al recordar aquel momento, en que apenas había sido capaz de respirar, Leo decidió que era mejor quedarse donde estaba, en el salón, sentado a la mesa junto a la ventana, y esperar a que ella saliera del dormitorio.

—Ya te has levantado —comentó él y se recostó en la silla, cruzando las manos tras la nuca.

Sammy parecía descansada y rejuvenecida. Su pelo claro le caía sobre un hombro y brillaba por el sol que se colaba por la ventana. Estaba muy hermosa y, al mismo tiempo, parecía por completo ajena a su propio atractivo.

—Siento haberme quedado dormida tanto tiempo. ¿Cuándo te has levantado?

—Hace tres horas.

—Deberías haberme despertado —dijo ella, aunque

se alegraba de que no lo hubiera hecho. Se lo imaginó tocándola para despertarla, hasta que abría los ojos y, somnolienta, lo miraba, sus cuerpos pegados y calientes en la misma cama...–. Estoy lista para irnos cuando quieras.

–¿No desayunas?

–No tengo hambre –mintió ella. Estaba hambrienta, pero por nada del mundo quería exponerse a devorar el desayuno bajo la atenta mirada de él.

–¿Seguro?

Ella asintió y tomó su bolso de una silla. Él se levantó y la siguió hasta la puerta de aquella suite que era todo lujo.

Sammy comprendía por qué quería llevarla de compras. A su lado, sus ropas parecían de saldo y, aunque él no parecía interesado en su estilo de vestir, sí le importaba el precio.

En la calle, el calor de la mañana los recibió, mientras se dirigían al centro comercial más exclusivo de la ciudad. Edificios de nueva arquitectura se mezclaban con otros del siglo pasado en estrecha relación. El estilo victoriano convivía con diseños ultramodernos de cristal y cromo. Las aceras estaban llenas de cafés. Los taxis amarillos y los tranvías circulaban por las calles acrecentando el tono pintoresco del lugar. Sammy lo contemplaba todo entusiasmada.

Entraron en un edificio cuya fachada estaba adornada con motivos rococó. Él le dio la mano, entrelazando sus dedos.

Por mucho que se recordara a sí misma que aquello no era más que un acuerdo de negocios, ella no podía evitar reaccionar a su contacto como una tonta. Le subió la temperatura al instante y se puso colorada. Solo podía fijarse en la sensación de calor de su contacto.

Entraron en la primera tienda que, en circunstancias normales, hubiera estado muy fuera de su presupuesto. No hacía falta mirar las etiquetas de los vestidos para saberlo. Se adivinaba solo con echar un vistazo a las dos dependientas, de una belleza glacial.

Era una tienda grande, blanca y aséptica con una escalera de caracol que llevaba a una planta superior.

Sammy titubeó en la puerta. Él tiró de ella hacia dentro.

—¿No es emocionante? —le murmuró él al oído.

—No estoy segura de que pueda encontrar nada que me guste en esta clase de sitio...

—No lo has visto todavía.

—Puedo adivinarlo —repuso ella y dedicó una débil sonrisa a la dependienta, que acababa de examinarla de arriba abajo.

—¡Tonterías! —dijo él, y entró con ella.

De inmediato, la dependienta se acercó e intercambió con él unas palabras. La fría rubia parecía encantada. Parecía que lo había reconocido, aunque era tan sofisticada que, por supuesto, no dijo nada. A Sammy no le extrañaría que medio Melbourne reconociera a su acompañante.

—Ahora, cariño... elige lo que quieras —invitó él, volviéndose hacia ella. Le tomó el rostro entre las manos, deslizando los dedos por su fino cabello, suave como la seda, que olía a flores. Le sorprendió lo mucho que le gustaba su contacto—. Si la ropa te resulta demasiado moderna o demasiado atrevida, no tienes más que decirlo.

Sammy solo tenía veintiséis años, pero Leo la hacía sentirse como a una abuela. Aunque tampoco podía culparlo. Su vestuario siempre había sido un poco antiguo y pasado de moda. Se había acostumbrado demasiado a ocultar su figura tras tallas grandes y atuendos monjiles.

Sin embargo, su instinto rebelde la impulsó a levantar la barbilla hacia él. Le dedicó una sonrisa forzada a la dependienta.

–¿Por qué no te vas a dar una vuelta? –le sugirió ella a su acompañante, poniéndose de puntillas para tomar su rostro entre las manos, igual que él había hecho. Le dio un beso en la mejilla–. No querrás sentarte aquí aburrido mientras me pruebo ropa, ¿verdad?

Aquella muestra de cariño y familiaridad estaba dedicada a las atentas espectadoras. Pero a Sammy le tomó por sorpresa cuando él respondió rodeándola con sus brazos y atrayéndola contra su cuerpo.

Ella se quedó sin respiración y abrió los ojos como platos. Sintió un excitante cosquilleo en todo el cuerpo y se estremeció como una hoja en el viento. Instintivamente, se apretó contra él, abrumada por el deseo. Aquello era mucho más que un beso. Al percibir su dura masculinidad contra el vientre, las llamas de la pasión la abrasaron.

Envuelta en pánico, plantó las manos en el pecho de él, pero no fue capaz de apartarlo.

Con un profundo gemido de satisfacción varonil, Leo la besó.

No era un hombre dado a las demostraciones públicas de afecto. Y sabía que tenía público en la tienda. Incluso había oído abrirse la puerta a sus espaldas. Pero no había sido suficiente para hacer que la soltara.

Lo que había empezado como una lección, con la intención de enseñarle a Sammy que, si lo tocaba para demostrar algo, la tocaría en respuesta para dejarle claro que con él no se jugaba, se convirtió en algo muy distinto.

Muy, muy distinto.

Leo apartó la cabeza y la soltó de forma abrupta. Ella dio un paso hacia atrás, conmocionada.

¿Qué había sucedido? ¿Cómo había dejado ella que pasara? Durante unos instantes, aquel beso había sido demasiado real, como si hubieran sido verdaderos amantes. Sammy solo esperaba que él no lo hubiera notado. Esbozó una sonrisa radiante, aunque todavía tenía los ojos desenfocados.

Leo la observaba con atención. ¿Había pretendido ella seducirle con ese beso?, se preguntó a sí mismo. Su instinto le decía que no, pero la forma en que ella había reaccionado, entregándose al momento con tanta pasión...

Había sentido la suavidad de su cuerpo bajo su vestido barato, había percibido sus pechos turgentes contra el torso. Sin duda, ella había sabido exactamente cómo excitarlo. Tanto que, durante unos segundos, él había olvidado que no era una de sus amantes.

Sammy se enorgullecía de despreciar el mundo del dinero, paparazzi y lujo en que se había visto envuelta con él. Pero Leo sabía que a las mujeres les gustaban las cosas que la tarjeta de crédito podía comprar. La mayoría de las que había conocido no habían titubeado en disfrutar de sus atenciones y ella no tenía por qué ser diferente.

Solo esperaba que Sammy no se acostumbrara demasiado y no se hiciera falsas esperanzas.

En caso de que así fuera, tendría que echarle un jarro de agua fría y hacerla volver de golpe a la realidad.

—Me gusta cómo actúas delante del público —le susurró él al oído.

—Actúo... sí, bueno.

—Aprendes rápido —añadió él con una sonrisa for-

zada–. Se acabó la guerra fría. No más protestas. Será
todo mucho más fácil –añadió, se apartó y lanzó
una sonrisa a la dependienta, que seguía observándo-
los sin perder detalle–. Cuida de ella.

–Cariño... –dijo Sammy, levantando la vista hacia
él con una sonrisa melosa–. ¡Lo dices como si no pudiera cuidarme sola! –protestó, le dio una palmadita
en la mejilla y sus ojos se encontraron.

–Sé que eres perfectamente capaz –afirmó él con
sinceridad–. Volveré a buscarte dentro de una hora.
¿Crees que tendrás tiempo suficiente?

–Oh –dijo Sammy, fingiendo afectación–. Habré
comprado media tienda para entonces.

Cuando sus miradas se entrelazaron, ella adivinó
lo que Leo estaba pensando.

«¿Comprar media tienda? Lo dudo. No te gusta ir
de compras, no te importa la moda... Irás a por las
ropas menos atrevidas y habrás terminado en quince
minutos».

Sammy sonrió.

–Creo que... –dijo ella con una caída de pestañas.
Frunció el ceño con gesto pensativo y, llevándose el
dedo a la boca, ladeó la cabeza–. Igual necesito un
poco más de tiempo. ¿Por qué no nos vemos en las
oficinas de Giles King a las tres? –propuso. ¿En eso
consistía ser asertiva?, se preguntó a sí misma, encantada con la sensación que la invadió al ver que él frun-
cía el ceño, sorprendido por su sugerencia.

Sammy comprendió, de pronto, que él estaba acostumbrado a llevar las riendas en todos los aspectos de
su vida. Iba a pagarle para que formara parte de su
farsa y no esperaba que ella hiciera nada aparte de
seguir sus órdenes, pensó y esbozó una radiante sonrisa.

–No sabes dónde están sus oficinas –señaló él.

–Creo que soy lo bastante lista como para encontrar el camino –repuso ella y se volvió hacia la dependienta, que contemplaba su diálogo con fascinado interés–. Hombres. Se creen que somos el sexo débil, ¿verdad?

–Nunca habría pensado eso de ti, cariño –comentó él. No sabía si mostrarse impresionado por su magistral demostración de familiaridad, o incómodo porque no estaba acostumbrado a gestionar esa clase de muestras de independencia.

Entonces, Leo se relajó.

Ella no se podía ir a ninguna parte. Como siempre, él lo tenía todo bajo control y, mientras, podía disfrutar de los momentos impredecibles que le ofrecía la vida, se dijo.

Incluso era posible que se lo pasara mejor de lo que había previsto durante la próxima semana y media...

Capítulo 6

FUE UNA locura. Sammy no sabía que elegir ropa y esperar que le hicieran unos cuantos arreglos podía llevar tanto tiempo.

Repasó las existencias de toda la tienda, gozando de que la sofisticada dependienta la siguiera como un perrito, volcada en cuerpo y alma en ayudarla a encontrar lo que buscaba.

Cuando habían salido del hotel, él había insistido en que podía comprarse todo lo que quisiera.

Se había ofrecido a ingresarle dinero en su cuenta, el suficiente para no reparar en gastos. Así, Sammy podía pagar con su propia tarjeta, sin tener que pasar por el mal trago de pagar con la tarjeta de su novio, algo que iba contra su instinto feminista.

Entonces, el plan de Sammy había sido elegir los atuendos menos caros y menos llamativos.

Pero los planes podían cambiar en un abrir y cerrar de ojos, se dijo a sí misma con una sonrisa.

Después de cuarenta y cinco minutos en la primera tienda y otros tantos en otras dos que había en el exclusivo centro comercial, estaba cargada de bolsas. Dos horas después, se había hecho la manicura y llevaba unas delicadas sandalias de tacón. También había cambiado de peinado... Se sentía como si valiera un millón de dólares.

Pero había tenido que hacerlo todo corriendo. No había podido parar a comer y, sin haber desayunado, su estómago comenzaba a recordarle que el aspecto no lo era todo.

Sin embargo, por primera vez en su vida, Sammy no estaba de acuerdo. Se fue al hotel como un rayo, dejó las bolsas, se cambió de ropa y se aseguró de dar la imagen que buscaba antes de subirse al coche con chófer que Leo había destinado para ella.

Casi a las tres en punto, llegó a las oficinas donde habían quedado. En la recepción, la guiaron a una sala de juntas de la primera planta.

Tenía el estómago encogido. Estaba nerviosa por la reunión que tenía por delante y, también, por cómo su nueva imagen sería recibida.

¿Pensaría Leo que estaba ridícula?

En la tienda, se había sentido muy segura de sí misma. La dependienta no había hecho más que alabar su aspecto, pero ese había sido su trabajo, después de todo. Hacer cumplidos a las compradoras de sus carísimas ropas debía de ser un hábito para ella.

En vez de pensar en su sofisticado atuendo, debía concentrarse en lo que de verdad importaba, es decir, en la niña de cinco años cuya vida cambiaría para siempre después de esa reunión, pensó.

La mujer vestida con ese conjunto exclusivo de diseño, ansiosa por recibir la aprobación de los demás, no era ella, se recordó a sí misma. ¡No la habían educado para ser así!

Alzando la barbilla, se recordó sus prioridades, respiró hondo y entró en la sala.

Solo titubeó un segundo.

La habitación era enorme, con una decoración muy moderna. Una mesa inmensa, tan limpia que relucía como un espejo, dominaba el área central. Había sitio para, al menos, veinte personas. En el fondo, había un pequeño grupo de sillas y una pared exhibía una pantalla blanca para presentaciones. Había un portátil delante de cada silla. Junto a la ventana, una mesa de caoba tenía café y té, y platos de galletas y pasteles.

Sammy miró a su alrededor, aunque estaba todo el rato centrada en las ocho personas que había sentadas a la mesa.

Leo destacaba entre todos. Estaba recostado en su asiento con rostro pensativo y expresión sombría. Parecía exactamente lo que era, un peligroso y fuerte depredador decidido a ganar.

Ella lo miró solo unos momentos, porque de inmediato reparó en la mujer que había justo delante de él. Sin duda, era Gail Jamieson.

Era de baja estatura. No debía de medir más de un metro cincuenta. Y era la clase de mujer que hacía que los hombres volvieran la cabeza al pasar a su lado.

Tenía el pelo muy rubio y una gruesa capa de maquillaje trataba sin éxito de disfrazar su edad. Su piel debía de haber pasado por alguna intervención de cirugía estética, pues su ausencia de arrugas no parecía demasiado natural. Llevaba los labios pintados de rosa fucsia, a juego con su traje de chaqueta con falda y tacones de aguja del mismo color.

Leo se levantó para recibir a Sammy con un breve abrazo. Ella deseó quedarse más tiempo entre sus brazos pues sabía que, en cuanto la soltara, se convertiría en el blanco de las preguntas de Gail y sus abogados.

Iba a ser un juego duro y ella lo sabía.

La conversación comenzó sobre aspectos técnicos. Gail enseguida alzó su voz estridente por encima de las demás. Leo respondió en todo momento con frialdad y sin perder la compostura, con su innegable aura de poder. Y, antes de que Sammy pudiera darse cuenta, la reunión terminó.

Sammy se dirigió hacia Leo, que hablaba en tono bajo y urgente con uno de sus abogados, pero fue interceptada por Gail.

–Qué extraño –dijo Gail, sujetándola del brazo para detenerla–. Sean nunca te mencionó cuando me hablaba de su hermanastro.

–Eh...

–Y hablaba mucho de Leo. Pero nunca te mencionó a ti. Qué curioso, ¿no crees?

–¿Qué es curioso? –repuso Sammy y miró a Leo, que parecía concentrado al cien por cien en lo que su abogado le estaba respondiendo.

–Porque...

Gail hincó sus uñas rosa fucsia en el brazo de Sammy.

–Porque Sean estaba informado de todo lo que hacía Leo. ¡Sabía con quién iba a salir, incluso antes de que el mismo Leo lo supiera! Pero nunca habló de ti. Ni una sola vez. Por eso, me resulta curioso que Leo se haya prometido con alguien a quien no conocía hacía dos meses.

–Así es el amor.

La voz de Leo sonó profunda y sensual, con un tono cortante de amenaza.

Sammy sintió que le rodeaba la cintura con un brazo y se recostó en él, aliviada por que hubiera interrumpido aquella incómoda conversación.

–¿Tú sabes lo que es eso, Gail? ¿O tu amor por el dinero siempre ha superado a tu amor por un hombre?

Gail apretó los labios. Cada uno de sus teñidos cabellos pareció erizarse de rabia.

–No conseguirás a la niña, ni por encima de mi cadáver. Y no creas que vas a engañarme y a hacerme creer que eres un hombre respetable porque te presentes aquí con una mujer con un anillo de compromiso.

–Espero que no estés buscando pelea –repuso él en tono de advertencia–. Porque, cuando salgo a pelear, siempre gano.

El grupo de abogados ya se había ido, cada bando por su lado.

–¡He criado a esa niña como si fuera mía!

–Entonces, no quiero ni pensar en la clase de educación que habrá recibido la pobrecita –le espetó él con dureza–. Por lo que he descubierto sobre ti, una vida de alcohol y amantes mucho más jóvenes que tú no parecen buenos fundamentos para un hogar familiar.

–Adele confía en mí. Soy la única que se ha ocupado de ella desde que nació. Louise y Sean tenían sus problemas y me la dejaban a mí casi todo el tiempo.

–No tengo ni ganas ni tiempo de meterme en una discusión contigo. Si quieres pelear, entonces, hazlo a través de tus abogados. No te atrevas a volver a acorralar a mi novia, ni mucho menos a intimidarla. ¿Me has entendido bien?

Sammy sintió un estremecimiento de aprensión al ponerse en el lugar de la otra mujer. Si fuera ella, escucharía la advertencia de Leo.

Y Gail debió de sentir lo mismo. Su bravuconería desapareció de golpe, mientras salían a la calle.

–Yo tampoco quiero luchar –dijo la mujer mayor con tono conciliador–. En realidad, solo quiero recibir lo justo a cambio de todo el tiempo que le he dedicado a la niña. Si no hubiera sido por mí...

–Ya me sé ese cuento del autosacrificio –la interrumpió Leo, todavía sujetando a Sammy de la cintura con gesto posesivo–. No me impresiona.

Sammy se dio cuenta de que había estado conteniendo el aliento. Respiró aliviada cuando Gail se apartó de ellos, mezclándose entre la multitud que recorría la calle, y desapareció tras una esquina.

–Vaya –murmuró ella–. Esa mujer es un tornado.

–Es una idiota, si piensa que puede ganar.

–Me ha asustado –confesó ella–. Ahora entiendo por qué decidiste presentarte aquí conmigo. Antes pensaba que exagerabas.

Leo seguía rodeándola con su brazo. Entonces, Sammy recordó la ropa que llevaba puesta. La falda le llegaba hasta los tobillos en suaves tonos salmón y gris. La blusa a juego se amoldaba a sus pechos y los resaltaba, dejando entrever un ligero escote. Era un conjunto sexy y respetable al mismo tiempo. Cuando se lo había probado en la tienda, se había quedado maravillada y casi le había costado creer que pudiera tener un aspecto tan sofisticado y elegante.

Había temido sentirse insegura a la hora de presentarse en la sala de negociaciones con una ropa tan poco habitual en ella, pero lo cierto era que, durante la reunión, se había olvidado por completo de lo que llevaba puesto.

–No esperaba que ella viniera –admitió Leo. Tampoco había esperado que su novia hubiera renovado de esa manera su imagen. Cuando había entrado en la sala, todos habían vuelto hacia ella la cabeza con gesto apreciativo y él no había podido contener el aguijón de los celos. Hasta el abogado que era su mano derecha, un hombre cincuentón, bajo y calvo, la había devorado con la mirada–. Creo que debió de pensar que podía aprovechar el factor sorpresa.

Como por arte de magia, su chófer paró junto a la acera para recogerlos. Era un alivio, pensó Sammy, pues hacía un calor húmedo insoportable.

Al sentarse en el vehículo, se recostó y cerró los ojos un momento. Luego, se volvió hacia Leo.

—Apenas me he enterado de lo que se ha hablado. Estaba muy nerviosa.

—De detalles legales —repuso él con sequedad—. Todas las reuniones de abogados tratan de lo mismo, cuando hay dos partes enfrentadas que intentan llegar a un acuerdo.

—¿Quieres llegar a un acuerdo con Gail?

Leo esbozó una sonrisa de depredador.

—Estoy dispuesto a hacer concesiones. Louise y Sean fueron un desastre como padres y ella tiene algo de razón en lo que dice. Es cierto que el cuidado de Adele cayó sobre sus hombros más de lo que debería. Sin embargo, he investigado a fondo a esa mujer. Y, aunque estaba técnicamente a cargo de su nieta, es una aprovechada. Ha estado sacándole grandes sumas de dinero a mi padre y puedes ver por ti misma adónde ha ido a parar. Los cirujanos plásticos se han hecho de oro gracias a ella. Sé qué ha hecho con cada céntimo que le enviamos —informó él y se encogió de hombros—. Pero, si no presenta batalla, estoy dispuesto a dejarle llevarse una compensación económica a cambio.

—Ella no se cree que nuestro compromiso sea real.

Leo la recorrió despacio con la mirada, haciendo que le ardiera cada centímetro de la piel. Los ojos de él brillaban de deseo. Sonrojada, comprobó que su nueva imagen no le había pasado inadvertida, como había creído al principio.

—Quizá tuviera sus dudas cuando se enteró de la noticia... Y debió de darle mucha rabia pensar que ya no iba a poder etiquetarme de mujeriego incorregible, inapropiado para cuidar de una niña... Tal vez, se ha presentado hoy con el propósito de que sus abogados pensaran como ella... pero creo que es justo decir que, después de hoy...

–Sé a qué te refieres –dijo ella, rompiendo el contacto visual. Le sudaban las palmas de las manos y no era por la temperatura que hacía en el coche–. Tenías razón. Hubiera resultado raro haberme presentado allí con mi ropa de grandes almacenes. Sobre todo, cuando esa mujer tiene pinta de distinguir la ropa de diseño de la de imitación con solo un vistazo.

–Exacto. Has elegido la combinación perfecta de atrevimiento y prudencia. Nadie puede poner en duda que eres una respetable maestra con una dosis adecuada de atractivo.

–¿La suficiente para atraer a un hombre tan importante como tú? –preguntó ella, molesta por que la considerara poco más que un objeto apropiado para sus fines.

–No pongas palabras en mi boca –repuso él. Dudaba que Sammy supiera lo erótico que resultaba su atuendo. Además, encajaba a la perfección con la información que le había dado a su abogado sobre ella, pintándola como una mujer muy respetable, responsable y de altos estándares morales... un ejemplo perfecto de la clase de esposa que cualquier hombre querría presentarle a su madre.

Por otra parte, si hubiera tenido un aspecto demasiado modesto y convencional, a la gente podía haberle resultado extraño que hubiera captado el interés de Leo, un hombre acostumbrado a salir con bellezas despampanantes. Su elección de vestuario no podía haber estado más inspirada, pensó él.

Cuando regresaron al hotel, Leo le propuso cenar en uno de sus excelentes restaurantes. Le dijo que ella podía elegir.

Sammy se había olvidado del hambre que tenía, pero, en cuanto se hubieron sentado, su apetito despertó de golpe. En cuanto les sirvieron el pan, se lanzó a comer. Al diablo con fingir que comía menos que un gorrión.

—Estoy hambrienta —confesó ella, conteniéndose para no devorar más pan—. ¿De qué estabas hablando con tu abogado cuando nos íbamos?

—Creo que es la primera vez que escucho a una mujer admitir que tiene hambre.

—Cuando era más joven, solía hacer dieta, pero me rendí. Si tienes hambre, no veo por qué no debes comer.

Sammy pensó que, ya que su relación era estrictamente material, basada en la necesidad mutua, no había por qué fingir y no ser ella misma. Cuando había salido con chicos en el pasado, siempre había tratado de ser lo más femenina posible. En los restaurantes, eso había significado pedir ensaladas y platos con ingredientes extraños que sonaban saludables. Sin embargo, no tenía por qué impresionar a Leo, aunque él tampoco parecía proclive a dejarse impresionar. Para él, ella no era más que un mero instrumento. No necesitaba corregir su personalidad en absoluto. Era una empleada temporal nada más.

Leo la tocaba cuando tenía que hacerlo y, cuando la miraba de esa manera, con ojos atentos y especulativos, solo estaba pensando en lo convincente que resultaba con su elección de vestuario y si había algo más que podía hacer para ayudarle a conseguir su propósito, se dijo a sí misma.

—Algunas mujeres se pasan la vida vigilando su peso —comentó él, fascinado por el entusiasmo con que su acompañante se lanzaba sobre el primer plato, berenjenas horneadas con queso.

—Claro que es importante estar sana. Esto está delicioso. No suelo frecuentar restaurantes tan caros. El salario de una maestra no puede costear muchos lujos, sobre todo, con los problemas que ha estado teniendo mi madre.

—Como sabes, mi padre le ofreció dinero en numerosas ocasiones.

—Es una mujer orgullosa. Nunca aceptaría nada de tu padre. Aunque me sorprendió cuando aceptó apoyar esta farsa. Creo que es un alivio para ella el que vaya a lograr algo que llevo mucho tiempo deseando, y no me refiero solo a pagar la hipoteca.

Los camareros se llevaron los platos. Sirvieron vino. Sammy parecía más relajada que nunca desde que habían llegado a Australia. Leo pensó que se debía a que habían dado los primeros pasos para resolver lo que habían ido a hacer allí.

El vino también estaba causando su efecto. Ella llevaba dos vasos. No debía de ser una persona muy acostumbrada a beber, se dijo él.

Era curioso. La conocía desde hacía mucho tiempo, pero se sentía como si se la acabaran de presentar.

Sammy había pedido pastel de carne como plato principal. Él sonrió al ver cómo lo probaba, apreciando su delicado sabor.

—Empiezo a pensar que no merece la pena salir con una mujer que no disfruta de la comida.

—¿Qué quieres decir? —preguntó ella, levantando hacia él su hermosa mirada azul.

—Hay algo muy sensual en la comida, ¿no te parece? Y en una persona que aprecia el sensual placer de comer.

Confundida, Sammy se quedó paralizada un momento, con la boca abierta y el tenedor a medio camino. Bajó la vista y, mientras masticaba el delicioso bocado de hojaldre con carne de ternera y espinacas, sentía la mirada de su acompañante clavada en ella.

Leo no podía dejar de observarla, hipnotizado. Era distinta por completo a todas las mujeres con las que había salido. Podía adivinar que era la clase de chica que albergaba toda clase de fantasías e ilusiones de cuento de hadas acerca del amor. No le extrañaría que ojeara en secreto revistas de bodas y soñara con tener una docena de hijos. Era una persona dotada con un alto sentido de la ética. Y esa era la razón, reflexionó, por la que desaprobaba todo lo que él era.

Sin embargo... aunque lo desaprobara, no parecía ser inmune a sus encantos.

Leo tenía experiencia en notar esas cosas.

Podía percibirlo en el rubor de sus mejillas cada vez que la miraba un segundo más de lo estrictamente necesario.

Como en ese momento.

Lo adivinaba por cómo ella bajaba la vista y fingía mirar a otro lado cada vez que la sorprendía observándolo.

Y lo había notado en su reacción cada una de las veces que la había tocado.

Ella se había estremecido, como si todo su cuerpo se hubiera animado por una corriente eléctrica que escapara a su control.

Sammy se aclaró la garganta y pensó con desesperación en algo superficial que decir para romper la repentina tensión sexual que flotaba entre ambos.

—Ibas... ibas a contarme de qué estabas hablando con tu abogado. Cuando la señora Jamieson me interceptó. Eh...

—¿Ah, sí?

—Para... deja de mirarme así.

—¿Cómo? —preguntó él con una sonrisa.

Nerviosa, Sammy se humedeció los labios y apartó la vista.

–¿Quieres decirme algo sobre... sobre mi aspecto?

–Sí –dijo él con tono grave.

Sammy lo miró de inmediato, consternada, pensando que había algo que él desaprobaba.

–Dijiste que te gustaba la ropa que había elegido.

–¿Quieres que te sea sincero?

–No lo sé. Tal vez, no –repuso ella, sonrojándose hasta las orejas.

–De acuerdo.

Leo se encogió de hombros.

La conversación prosiguió sobre temas más neutrales. Leo había estado en ese país unas cuantas veces, aunque solo dos en Melbourne. Durante el resto de la velada, demostró ser un acompañante ingenioso, lleno de interesantes anécdotas sobre los sitios que había visitado. También habló de las propiedades que poseía por todo el mundo. Ella lo escuchó, impresionada, mostrándole interés en sus preguntas. Pero, al mismo tiempo, no podía dejar de preguntarse qué había estado a punto de decirle él, cuando se había ofrecido a serle sincero.

–Bueno, de acuerdo, puedes decírmelo –pidió ella, nerviosa, dejando el tenedor junto a la tarta de chocolate que casi se había terminado de postre.

Leo sabía que, antes o después, ella se lo preguntaría. Se sentía atraído por ella y eso podía ser peligroso. Había aceptado pasar por esa farsa y no había puesto pegas a que fuera ella su pareja, porque había estado de acuerdo con su padre en que era una buena opción. Pero el sexo complicaba las cosas y él no quería complicaciones. Quería terminar con ese asunto lo antes posible. Debía evitar cualquier tipo de problema añadido a toda costa.

–Hay un pequeño bar aquí al lado. Sirven muy buen café.

Sammy asintió.

–Di lo que tengas que decir –rogó ella, caminando a su lado mientras se dirigían al acogedor espacio que él había propuesto. Era un café casi vacío, tranquilo y alejado del ruido y el ajetreo.

El hecho de que Leo estuviera retrasando decirle lo que fuera que iba a decirle significaba algo. Probaba que él sabía que a ella no iba a gustarle. Tal vez, su abogado le había dicho algo en esa pequeña conversación que habían tenido al final de la reunión.

Sammy se sentía como una becaria a punto de escuchar que, lamentablemente, no había superado el periodo de prueba porque su trabajo no había estado a la altura.

–Cuando acepté hacer esto –comenzó a decir Leo y esperó a que ella se hubiera sentado delante de él–. Decidí que eras la persona ideal para el papel.

–Lo sé –repuso ella, a la defensiva–. Sabías cómo convencerme. Sabías que mi madre necesitaba el dinero y sabías que mi sueño era ser una diseñadora gráfica independiente, así que supiste cómo hacerme una oferta que no pudiera rechazar.

–Ahórrate el discurso victimista, Sammy. Podías haberte negado. Todos podemos elegir.

–Pensaste que era convenientemente del montón –continuó ella con sinceridad, aunque molesta–. ¿Acaso ahora te parece que soy demasiado del montón? Porque eso creo que no tiene arreglo. No puedo ser una persona que no soy.

Leo la miró en silencio durante unos segundos.

–No eres lo que yo esperaba –admitió él con tono sensual–. Veo cosas en ti que nunca había reconocido las veces que nos encontramos por casualidad en el pasado.

Sammy se quedó con la boca seca. Trató de decir

algo, pero no pudo emitir sonido alguno. No tenía ni idea de dónde quería él ir a parar. Se sentía como si se hubiera montado en una montaña rusa de la que no sabía cómo bajar. Además, era incapaz de romper el contacto visual con él.

–Tienes algo especial –murmuró Leo con voz ronca, devorando con la mirada cada una de las pequeñas reacciones de su expresivo rostro. Él nunca le había tirado los tejos a una mujer sin haber estado seguro del resultado. De hecho, apenas había tenido que tirarle los tejos a nadie en su vida. Pero aquella situación era distinta, se dijo, sintiendo una inyección de adrenalina, mientras pensaba en poner sus cartas sobre la mesa sin saber cómo iba a responder ella.

La deseaba. No tenía sentido y era una molestia. Pero la deseaba de una forma instintiva e irresistible a la que no estaba acostumbrado.

Sabía que podía seguir conteniéndose. ¿Aunque no sería más fácil rendirse a la tentación para, una vez saciado, dejarla atrás? Los dos eran adultos y sospechaba que ella también estaba interesada en explorar la química sexual que latía entre ambos. El hecho de que no estuviera seguro por completo, en vez de resultarle decepcionante, lo excitaba todavía más.

–¿Especial? –preguntó ella, soltando un gallo que delataba sus nervios.

–Eres sexy –admitió él con voz sensual–. Cada vez que te miro, no puedo dejar de pensar en quitarte la ropa.

Sammy apenas podía respirar. ¿Acaso Leo quería tomarle el pelo? ¿Se trataba de alguna clase de broma sádica?

–Desde luego que no soy sexy –murmuró ella, temblorosa, y comenzó a juguetear con sus manos.

–Y no solo cuando decides sacar el máximo partido a tu hermosa figura –aseguró él–. Así que esto ha creado una situación que no esperaba –añadió con una pícara sonrisa–. Compartimos cama y no voy a andarme por las ramas. Te deseo y tengo la sensación de que tú sientes lo mismo.

A Sammy se le había acelerado el pulso a toda velocidad.

–¿Me... deseas? Yo... yo no...

–¿No? –preguntó él y se inclinó hacia delante de pronto, tomándola por sorpresa. La atrajo hacia su boca, sosteniéndola de la nuca.

Sammy se sintió como un satélite atraído por un planeta magnético, cálido y brillante... irresistible.

Apenas pudo decir nada cuando él cubrió su boca con un beso largo y profundo que la hizo sucumbir como una pluma en medio de un tornado. Cerró los ojos y lo correspondió. Sabía que debía rechazarlo, apartarse. Pero no pudo.

Leo pensaba que era sexy, se dijo a sí misma, perpleja.

Con dedos temblorosos, ella le tocó el pelo. Aquel era el movimiento más arriesgado que había hecho en la vida. Leo estaba tan fuera de sus posibilidades que... Aun así, allí estaba, besándolo como si no quisiera parar nunca.

Sammy soltó un suave gemido.

Estaba con el hombre de sus fantasías, el protagonista de sus sueños de adolescente.

Era la clase de hombre por la que una mujer daría su brazo derecho con tal de verse... como estaba ella en ese momento.

Pero él no era suyo.

Sammy cayó de golpe en la fría realidad y se apartó de sus brazos, temblorosa como una hoja. Sentía los labios hinchados por el beso, pero se contuvo para no tocárselos.

Su relación no tenía nada que ver con el amor o el afecto. Era una farsa nada más. Su fingido prometido nunca se habría fijado en ella en circunstancias normales.

¿Y de repente la encontraba sexy?

Qué curioso. Se habían encontrado incontables veces en el pasado y Leo nunca la había encontrado atractiva. Quizá, le había empeorado la vista con el tiempo. Tal vez necesitaba gafas.

Avergonzada por lo fácilmente que se había rendido a ese beso, se cruzó de brazos y lo miró con firmeza.

—No quiero... No estoy interesada...

—¿Estás segura?

—Sí. Y creo que es mejor que lo olvidemos y recordemos que... esto no es real.

—El compromiso no es real —negó Leo con voz baja y ronca—. Sin embargo, mi deseo por ti no podría ser más real —confesó y se echó hacia atrás, recostándose en el respaldo—. Pero, si quieres engañarte a ti misma y pensar que no sientes lo mismo, me parece bien. Cambiando de tema, sobre lo que me has preguntado antes, estaba hablando con mi abogado sobre Adele. Nos reuniremos con ella mañana.

Con la cabeza dándole vueltas ante el súbito cambio de tema, Sammy se quedó en silencio. Leo la había subido a las nubes para, de golpe, dejarla caer. No podía haber sido más claro al decirle que, aunque le resultaba atractiva, no le costaba nada tomarla o dejarla en cualquier momento. Dependía de ella.

Haciendo un esfuerzo, trató de concentrarse en lo importante.

—Mañana.

—La traerán al hotel a la hora de comer. Ha sido todo un logro. Gail luchó con uñas y dientes para evitarlo, pero perdió. Se enteró cuando habló con su abogado al final de la reunión de hoy.

Leo se puso en pie y esperó a que ella lo siguiera. Iban a dirigirse al dormitorio, a la cama que debían compartir. Sammy estaba nerviosa como un flan.

—No temas —murmuró él al ver la mezcla de pánico y aprensión de su rostro, mientras iban hacia los ascensores—. Nunca he forzado a ninguna mujer y no voy a empezar ahora. Tengo que trabajar cuando lleguemos y, para cuando me acueste, estarás profundamente dormida. A menos que decidas, claro, que tener sexo conmigo es una opción que merece la pena explorar... —añadió y se rio cuando ella volvió la cara con una mueca.

Cuando llegaron a la suite, Sammy se fue directa al dormitorio.

—Dulces sueños —dijo él antes de que ella cerrara la puerta—. Y no olvides que estamos prometidos... ¡Es natural llevar las cosas a término, cariño! —añadió en tono provocativo.

Capítulo 7

LEO HABÍA puesto sus cartas sobre la mesa. Había sido sincero cuando le había dicho a Sammy que sentirse atraído hacia ella había sido un inconveniente inesperado. Ella se había mostrado ultrajada como una piadosa doncella victoriana, pero, cuando la había besado, se había derretido entre sus brazos. Él había querido demostrar que había tenido razón, pero no pensaba ir más allá.

Por supuesto, no iba a ir detrás de ella.

Cuando habían llegado a la suite, a Leo le había molestado comprobar que ella seguía actuando como una recatada puritana. Sammy se había parado delante de la puerta del dormitorio y le había informado de que iba a darse un baño, sugiriéndole que sería buena idea que él trabajara tal y como había prometido, hasta que se quedara dormida.

Leo se había sentido confundido. Había tomado la decisión de confesar su atracción, a pesar de que no era su estilo, y le había gustado comprobar que la química había funcionado para los dos.

Entonces, ¿dónde estaba el problema?

Cuando había entrado en el dormitorio una hora y media después, la había encontrado apretada contra un lado de la cama con dos almohadas separándolos a modo de barricada.

Él se había despertado a las cinco y media, como habitualmente hacía, y ella no había dado ninguna muestra de haber estado despierta. Al menos, no había movido un músculo mientras había ido al baño, se había duchado, vestido y salido de la habitación.

Por primera vez en su vida, Leo tenía dificultades para concentrarse en el trabajo.

No podía dejar de mirar a la puerta cerrada del dormitorio. ¿Qué estaría haciendo Sammy? ¿Se habría levantado? ¿Se estaba vistiendo? ¿Estaría tratando de escapar de él por la ventana?

Pensar en ella le distraía, y no le gustaba. Cuando se acababa de preparar una taza de café, al fin, la puerta de la habitación se abrió. Leo la observó desde donde estaba, apoyado en la encimera de la cocina, dándole un trago a su café.

—¿Quieres una? —ofreció él, levantando su taza hacia ella.

Sammy asintió.

Parecía fresco como una rosa, se dijo ella, sintiéndose hecha un desastre, con grandes ojeras que delataban su falta de sueño.

Sammy lo había oído en el mismo instante en que Leo se había levantado. Se había puesto tensa cuando lo había escuchado ducharse, sin que él se hubiera molestado siquiera en cerrar la puerta del cuarto de baño. Cuando había vuelto al dormitorio y ella había lanzado una mirada subrepticia hacia él, desde debajo de su escudo de sábana y manta, se había quedado sin respiración. Lo había encontrado solo con los vaqueros puestos, una imagen más sensual de lo que podía haber soñado jamás.

Tenía el botón de los pantalones desabrochado y la cremallera un poco bajada y, bajo la luz del baño, ella había podido contemplar cada detalle de su musculoso torso. Con el corazón acelerado, le había visto buscar una camiseta en los cajones y ponérsela.

Se había sentido embriagada por aquella visión.

¿Cómo iba a poder mantenerlo a distancia? No, la verdadera pregunta era cómo iba a lograr mantenerse a sí misma alejada de él.

Nunca se había sentido tan tentada de tocar a alguien en toda su vida y no entendía por qué precisamente él, que no cumplía ningún requisito de los que buscaba en un hombre, era el blanco de su deseo.

Había esperado que Leo hubiera cerrado la puerta del dormitorio tras él para levantarse. Se había sentido como una ladrona, forzándose a no hacer ningún ruido para no ser sorprendida.

Pero ¿por qué tenía que esconderse?

Ella le había devuelto el beso, sí, pero luego lo había apartado y le había dejado claro que no estaba dispuesta a echar una cana al aire con él. Se había mantenido firme y se había ido a la cama con la cabeza bien alta.

El problema era que su cuerpo se negaba a seguirle la corriente. Nunca antes había tenido que fingir rechazo hacia un hombre y era algo extremadamente difícil. El pulso le latía entre las piernas y todo el cuerpo le ardía como si necesitara que la tocara. Mientras habían estado tumbados en la oscuridad, su mente se había llenado de imágenes sensuales de él acariciándola, poseyéndola...

Pero Sammy sabía que no podía olvidar que aquello era un juego. Sería peligroso difuminar la frontera entre ficción y realidad.

Por eso, se había vestido con el atuendo más prudente que había llevado.

Iba a hacer mucho calor fuera. No estaba segura de cuál era el plan para el día, pero suponía que Leo se pasaría la mañana trabajando. Eso le dejaría a ella unas horas libres para explorar la ciudad hasta que les llevaran a Adele a mediodía.

Se había puesto unas sandalias azul claro, unos pantalones sueltos de algodón, también azules, y una blusa sin mangas con un estampado de pequeñas flores. Era un poco corta, de forma que, cuando se movía, podía vérsele una franja del vientre. Se había recogido el pelo en una cola de caballo, con algunos mechones sueltos alrededor de la cara.

Leo se tomó su tiempo en contemplarla y, cuando ella se sonrojó, sonrió y se encogió de hombros.

—No te tocaré. Al menos, si las circunstancias no lo exigen —informó él, levantando las manos en un gesto burlón de rendición—. Pero nunca prometí que no miraría.

Entonces, Leo se dio la vuelta, preparó una taza de café y se la tendió.

—No deberías mirarme así —dijo ella con voz temblorosa.

—No puedo evitarlo —repuso él, a pocos centímetros de ella.

—No voy a acostarme contigo.

—¿Acaso te lo he pedido?

—No, pero...

—No voy a fingir que no quiero hacerlo, tampoco —comentó él con calma y le dio otro trago a su café.

Cuando Sammy se apartó como un conejo asustado, Leo pensó que, tal vez, ella necesitaba poner distancia para no caer en la irresistible tentación que sentía de tocarlo. Al imaginársela yendo hacia él, incapaz de vencer la mutua atracción que los unía, experimentó una poderosa erección.

—¿Cuál es tu plan para hoy? —preguntó ella, pensando que, si no cambiaba de tema y él seguía mirándola así, ardería en llamas.

—¿Mi plan?

–Pensé que, como no vamos a reunirnos con Adele hasta mediodía, querrías trabajar por la mañana.

–¿Por qué pensaste eso?

–Porque es obvio que tienes mucho que hacer. No te acuestas hasta tarde y te levantas antes de que salga el sol.

–Hay muchos malentendidos en esa afirmación –dijo él con una sonrisa–. Soy mi propio jefe. No soy un hámster dentro de una rueda, corriendo como un loco por miedo a quedar atrás. Y no necesito dormir mucho... Pero te aseguro que no me importaría irme a la cama temprano y levantarme tarde, si tuviera un buen incentivo.

–¡Deja de comportarte así! –protestó ella. Aunque él la excitaba sin remedio, no podía negarlo. La forma en que la miraba y las cosas que decía la hacían sentirse sexy y femenina, dos cosas que nunca se había sentido en su vida. Leo era el equivalente de una tableta de delicioso chocolate. Ansiaba probarlo, pero sabía que debía vencer la tentación porque un solo bocado no bastaría y sabía que, sin duda, no sería bueno para la salud.

–No te voy a dejar sola hoy, ni en sueños –comentó él, se metió el móvil en el bolsillo y se dirigió a la puerta–. Desayunaremos, iremos a visitar la ciudad y estaremos de vuelta a tiempo para recibir a Adele.

Sammy sabía que estaba perdida. Esperaba que él no siguiera utilizando sus encantos para tentarla. Se imaginó las posibles conversaciones que podían tener, pensando que él seguiría insistiendo en acostarse con ella.

Sin embargo, se sintió muy decepcionada cuando, durante toda la mañana, Leo se comportó como un perfecto caballero.

Él entrelazó sus manos, pero no intentó besarla. La

miró de vez en cuando, pero no más del tiempo necesario. Sammy había esperado pasarse tres horas rígida y tensa, pero poco a poco se fue relajando. Incluso acabó hablándole de su vida.

¿Cómo había logrado él hacerle bajar la guardia?

—¿Estás nervioso? —preguntó ella, cuando volvían al hotel.

—¿Por qué? —replicó él, frunciendo el ceño. Había tenido que echar mano de toda su fuerza de voluntad para no tocarla en toda la mañana.

—Porque vas a ver a Adele.

—Lo único que me pone nervioso es pensar que esta pelea por la custodia no salga bien. Mi padre no lo superaría.

—¿Has hablado con él? —inquirió ella con tono suave, sonriendo al recordar a Harold, al que tenía mucho cariño.

—Me ha enviado dos correos electrónicos de alta carga emocional y me ha llamado una vez. Sonaba a punto de tener un ataque de nervios. Esto tiene que salir bien. No hay otra opción.

—¿Tienes experiencia con los niños?

—¿Es eso necesario?

—Ayuda.

—No —admitió él y la miró mientras entraban en el vestíbulo del hotel—. Me alegro de tener alguien a mi lado que pueda echarme una mano.

En ese momento, Leo vio algo detrás de ella, la abrazó y la besó en la cabeza.

Al seguir la dirección de su mirada, Sammy posó los ojos en una niña que estaba sentada en uno de los sofás, junto a uno de los abogados que habían ido a la reunión el día anterior.

Adele era una niña preciosa, con dos trenzas de pelo moreno adornadas con dos lazos rosas. Combinaban con su vestido y con sus zapatos. Estaba sentada muy derecha, con las manos sobre el regazo y un bolsito rosa brillante a su lado. Su pequeña cara estaba muy seria. Parecía aterrorizada.

Leo llevaba más de un año sin verla. De pronto, cayó en la cuenta de la enormidad de lo que se traía entre manos. Aquello no era un trato de negocios. No había empresas implicadas, ni acciones en bolsa, ninguna fábrica a punto de cerrar, no había beneficios que invertir ni empleados que recolocar. Se trataba de una niña de carne y hueso, reflexionó, poniéndose tenso.

Sammy percibió cómo él se amedrentaba. Nadie más podría haberlo notado. Entrelazó sus manos y, sin mirarlo, respiró hondo y se dirigió directa hacia la pequeña que esperaba educadamente en el sofá.

—Hola —saludó Sammy, ignorando al abogado, que se había levantado y se había llevado a Leo aparte para hablar con él—. Soy Sammy —se presentó y se agachó para estar cara a cara con Adele. Estaba acostumbrada a los niños pequeños. Se sentía segura con ellos y sabía cómo hacerles sentirse cómodos también. Era parte de su trabajo de maestra.

Leo la observó, mientras el abogado le hablaba de cómo se había organizado el día y de los resultados de la anterior reunión. Él lo escuchó en silencio, aunque tenía su atención puesta en la mujer y en la niña. La natural calidez de Sammy era evidente. Estaba tocando a Adele en el brazo con suavidad, mientras la pequeña la escuchaba con interés.

Comparada con sus antiguas novias, todas con una dosis monumental de egocentrismo, Sammy parecía más auténtica, más humana.

Su falsa prometida tenía un atractivo natural que no dejaba de excitarlo. Cuando el abogado terminó de hablar, Leo se reunió con las dos chicas.

Adele lo miró con sus grandes ojos azules y se encogió, un poco temerosa.

–¿Qué pasa ahora? –preguntó Leo con aspereza, sintiéndose como pez fuera del agua por primera vez en su vida.

Sammy le dio un pequeño apretón a Adele en la mano para darle confianza.

–Déjamelo a mí –le dijo ella a la pequeña. Entonces, se puso de puntillas y le dio un beso a Leo en la comisura de los labios. No pudo evitarlo, porque le gustaba su aspecto tan vulnerable y confundido. Le gustaba saber que era humano y que había momentos en que no controlaba la situación.

Sammy le preguntó a Adele qué quería hacer y, en función de eso, hicieron su plan. Comieron en un popular restaurante donde todo estaba dirigido a los niños, desde el menú a los cuadernos de colorear y los juegos a los que podían jugar mientras esperaban la comida.

Luego, fueron al acuario de la ciudad.

–¿Haces estas cosas a menudo? –le preguntó Sammy a Adele en un momento dado.

Adele negó con la cabeza y le susurró que, a veces, Sarah la sacaba a pasear, pero que pasaba casi todo el tiempo en casa jugando con sus juguetes.

–¿Quién es Sarah?

–La chica que cuida de mí –contestó Adele–. La abuela Gail no tiene mucho tiempo porque sale todo el rato y está muy ocupada.

Leo intentó entrar en la conversación, pero era tan obvio su esfuerzo por encajar que conseguía el resultado contrario y la pequeña se asustaba. Cuanto más intentaba él participar, más se retraía la niña. Y más se frustraba él. Al final del día, Adele le dio un pequeño abrazo a Sammy y le estrechó la mano con educación a Leo. Con su bolso rosa de plástico en la muñeca y sus brillantes zapatos a juego, parecía una pequeña reina saludando a sus súbditos cuando se despidió de ellos.

—Vaya, ha sido un fiasco total —fue lo primero que dijo Leo cuando se dirigían a la habitación—. Necesito una copa. En realidad, necesito varias.

Sammy, por el contrario, lo había pasado de maravilla. Había estado muy nerviosa ante la perspectiva de reunirse con los abogados y con Gail y respecto a toda la farsa en general. Pero Adele había sido una luz en la oscuridad, un respiro que le había permitido volver a sentirse en su salsa. Además, le había gustado llevar las riendas de la situación por una vez, en lugar de ser arrastrada por una corriente impredecible.

—No ha sido un fiasco —negó ella, subiéndose al ascensor que los llevaría a su suite—. Ha ido muy bien.

—Ha ido bien para ti —puntualizó él, recostándose en la pared de espejo del habitáculo—. Es obvio que estás muy a gusto en compañía de niños.

—Es mi trabajo. Además, me ha caído muy bien. Lo ha pasado muy mal. Por eso estaba tan callada y asustada. No puedo ni imaginarme lo que habrá sufrido por haber tenido a unos padres jóvenes e irresponsables y, luego, después de su muerte, haber tenido que convivir con su abuela, que claramente no quiere tenerla cerca.

—Eres realmente... —comenzó a decir él, contemplándola con la cabeza ladeada.

—¿Qué?

Leo abrió la puerta y la sujetó para que ella pasara delante. Sammy olía a sol y a flores, a jabón y a aire fresco, tanto que él se contuvo para no cerrar los ojos e inspirar hondo.

—Atenta —continuó él.

A lo largo de los años, Leo había oído a su padre

hablar de Sammy, pero nunca le había prestado atención. En ese momento, sin embargo, recordó cosas que le había contado de ella, sobre lo buena que era en su trabajo, lo mucho que la querían sus alumnos... era la clase de chica que recogía animales enfermos y los cuidaba hasta que recuperaban la salud. Todo eso le había sonado como la perfecta descripción del aburrimiento y alguien con quien no tenía nada que ver. Se la había imaginado como una persona piadosa y monjil, incapaz de despertar su interés.

Pero Sammy no era nada de eso. No se esforzaba en llamar la atención, como la mayoría de las mujeres que Leo conocía, aunque misteriosamente era capaz de atraerlo de una forma que él todavía no entendía.

Y era empática por naturaleza. Una vez más, acababa de demostrarlo en su actitud con Adele.

Era díscola, pero atenta. Era obcecada como una mula, pero tenía lo necesario para ganarse la confianza de una niña de cinco años. No sabía coquetear, pero se sonrojaba como una adolescente. Creía en el amor y era una romántica.

Se mirara como se mirara, no cumplía ninguno de los requisitos que siempre había buscado en las mujeres, reflexionó él.

Pero, cuanto más estaba en su compañía, más excitado se sentía.

Sammy pensó que eso de ser atenta sonaba a ser más aburrida que un trozo de cartón.

—¡Quieres decir que soy un rollazo! —le espetó ella, fingiendo una carcajada para ocultar lo dolida que se sentía.

Leo se estaba sirviendo una copa de vino del mueble bar. Sammy aceptó otra, pues necesitaba dejar de darle vueltas a la etiqueta de reina del aburrimiento que él acababa de ponerle.

No eran todavía las seis y media. Sammy se imaginaba que el plan sería salir a cenar. Después de dos noches, ya no se sentía tan incómoda con el hecho de compartir cama. Él parecía tener una habilidad impresionante para el desapego. Podía decirle que la encontraba atractiva, pero no se mostraba en absoluto inclinado a demostrar esa afirmación.

Lo cual era una suerte, se dijo a sí misma con firmeza.

—No tienes nada de aburrida —puntualizó él, dándole un trago a su copa de vino tinto.

El día al aire libre había pintado la piel satinada de Sammy de un tono dorado y le había puesto el pelo más rubio todavía. En algún momento, se había quitado la cola de caballo y el pelo rizado le caía suelto sobre los hombros. Era la viva imagen de la salud, alguien a quien no le importaba lo que el tiempo le hiciera a su maquillaje o a su peinado. Leo no podía dejar de mirarla. Se obligó a sí mismo a volverse hacia el ventanal que daba al parque, bañado por los últimos rayos de sol.

—Solo quería decir... —continuó él, frunciendo el ceño, incapaz de encontrar las palabras adecuadas.

—¿Qué? —preguntó ella. El vino estaba delicioso. Con aire ausente, caminó hasta el ventanal, miró unos segundos al paisaje y se volvió hacia él.

—Quiero darte las gracias.

—¿Por qué? —inquirió ella, confusa por su tono emotivo.

—Hoy te has ocupado de la situación y lo has hecho muy bien —afirmó él, se terminó la copa y la dejó sobre la mesa—. Si te soy sincero, no sé qué habría pasado si no hubieras estado conmigo.

–Tú habrías... esto... tú...

–No sabes qué decir porque no aciertas a señalar nada de lo que he hecho hoy que haya podido causar una buena impresión en Adele.

Sammy se sonrojó y se rio.

–Habrías salido airoso. Yo tengo mucha experiencia con niños pequeños y tú, ninguna. Supongo que eso lo explica todo. Además, yo no tengo ningún interés emocional en la situación.

–Muy generoso por tu parte. Me gusta eso de ti.

–¿Qué quieres decir?

–Que concedes a las personas el beneficio de la duda.

–¿Y tú no? –preguntó ella. El corazón le latía a cien por hora con esa conversación tan íntima. Tenía la sensación de estar jugando con fuego, y le gustaba. No le importaba si se quemaba o no.

–Quiero hacerte el amor.

Sammy se quedó paralizada. Abrió mucho los ojos y dejó de respirar. La voz de Leo sonaba ronca y sincera.

–Quiero decir que podríamos seguir fingiendo que no hay nada entre nosotros –prosiguió él–. Puedo quedarme trabajando hasta estar seguro de que estás dormida y luego meterme en la cama sin hacer ruido y levantarme antes de que amanezcas. Y seguir actuando como si no hubiéramos compartido cama, como si solo fuéramos dos socios de negocios. Podemos ignorar la química. Yo puedo evitar mirarte demasiado y tocarte solo cuando estemos en público. Puedo fingir que no siento cómo tiemblas cuando te rozo. Ni cómo suspiras cuando te beso. La alternativa, sin embargo...

El silencio pesó sobre ellos unos instantes, mientras Leo la hipnotizaba con la mirada.

—Esto no es real —señaló ella con desesperación, tratando de no dejarse arrastrar por el deseo.

—No estamos prometidos de verdad —puntualizó él en voz baja—. Y no nos reuniremos ante el altar. Pero esto... —añadió, sosteniéndole el rostro con ambas manos, acariciándole las mejillas y los labios—. Esto es real.

—No deberíamos...

—Yo sé bien que no deberíamos —admitió él—. Sé que ninguno de los dos lo habíamos planeado. Sé que debo de ser el último hombre del mundo con quien querrías salir...

—No soy la clase de chica que se va a la cama con cualquiera.

—No —repitió él. Su piel era tan suave que resultaba una tortura reprimir el deseo de poseerla.

—De hecho, no soy la clase de chica que se ha acostado nunca con nadie.

A Leo se le paralizó la mano y frunció el ceño, tratando de asimilar lo que acababa de escuchar. ¿Acaso quería decir que era virgen?

—Me tomas el pelo.

Sammy clavó la vista en la distancia. El corazón le latía tan rápido que parecía que iba a salírsele del pecho. Siempre había sabido que era necesario tener esa conversación con el hombre con quien perdería la virginidad. Pero nunca se había imaginado que sería alguien como Leo. Había soñado que sería con una persona amable y gentil, que le apretaría la mano y la comprendería bien porque también él habría sido muy selectivo con el sexo opuesto.

Sin embargo, Leo disfrutaba de las mujeres sin reparos. Tomaba lo que quería y siempre elegía a las más guapas y las más tentadoras, aunque pronto se cansaba de una y saltaba a la siguiente.

Su virginidad era otra barrera más que los separaba.

En realidad, había tantos obstáculos entre los dos que la lista era interminable.

–¿Por qué iba a tomarte el pelo?

–Porque... porque... –balbuceó él, sin saber qué decir–. ¿Cuántos años tienes?

–Veintiséis.

–¿Y nunca te has acostado con un hombre?

Sammy se sonrojó. Aunque se negaba a sentirse avergonzada. Nunca había sido como otras chicas, que habían estado deseando perder la virginidad. Además, había visto sufrir a demasiadas amigas suyas que se habían enamorado del tipo equivocado. Por eso, había decidido que, cuando se acostara con alguien, sería con el hombre de su vida.

Al final, todo había salido mal, sin embargo.

Porque ella quería acostarse con ese hombre y sabía perfectamente que no era el adecuado.

–¿Por qué no? –preguntó él, sin andarse por las ramas. Todavía le costaba asumir la idea, pero empezaba a contemplar a Sammy bajo una luz distinta. «¿Virgen?».

–Porque no se dio la situación –murmuró ella, más roja que un tomate, arrepentida de haber sacado el tema. Debería haber seguido manteniendo las distancias con él y no haberse sincerado hasta ese punto.

–Lo entiendo... –dijo Leo despacio, esbozando una sonrisa–. Pensabas que el sexo podía controlarse. Esperabas enamorarte y que el encuentro íntimo fuera una decorosa pequeña consecuencia. Creías que el amor y el sexo venían en el mismo paquete...

–Yo nunca he dicho eso.

–Pero te sientes atraída por mí y no sabes qué hacer –continuó él. Era la primera vez que una mujer trataba de resistirse a él–. Has descubierto que el deseo no tiene por qué ir siempre de la mano del amor y te has dado cuenta de que puede ser lo bastante fuerte como para derretir el sentido común de cualquiera. Bienvenida al mundo real.

–Lo que hay entre nosotros no tiene nada de real.

–Puedes seguir jugando con las palabras, Sammy, pero no puedes ignorar la química que compartimos porque te haga sentir incómoda.

–¡Es una locura! –estalló ella, mirándolo con agitación–. No tiene ningún sentido. Sería una locura... si...

Sammy no logró acabar la frase.

Leo la tomó entre sus brazos y la besó sin parar hasta que ella fue incapaz de hilar un solo pensamiento y se sumergió en un mar de deliciosas sensaciones.

Capítulo 8

POR LO general, a esas alturas del partido, Leo solía marcar con claridad los límites. Sin embargo, sentía que no era necesario hacerlo con Sammy. Ella sabía dónde estaba el límite. Había aceptado el trato sabiendo lo que hacía y sabía la clase de hombre que era... uno que no le ofrecía nada más que gratificación sexual transitoria.

Sammy no era el tipo de mujer que se iba a la cama con él con la esperanza de lograr algo más. De hecho, había hecho todo lo posible por evitarlo y lo último que se le pasaría por la cabeza era pedirle nada más.

No le iba a entregar su virginidad porque lo creyera el hombre de su vida. Lo iba a hacer porque, como un ratón atrapado en su trampa, no podía hacer otra cosa.

Por razones que Leo no podía entender, la química que compartían era abrumadora.

–A veces, las locuras son buenas –comentó él cuando separaron sus labios.

Sin darle tiempo a responder, Leo la tomó en sus brazos y se dirigió al dormitorio.

Soltando un pequeño grito sofocado, Sammy se dijo que había sobreestimado su capacidad de resistencia en lo que a él se refería.

Si no hubieran sacado el tema, podía haberse mantenido a salvo, pero tal y como estaban las cosas...

Sammy apoyó la mano en su pecho y sintió la fortaleza de sus músculos. Si no dejaba de pensar en qué tenía aquello que ver con el amor y el afecto, se volvería loca. Solo se trataba de sexo y Leo tenía razón... ella nunca se había imaginado la deliciosa sensación de anticipación que la invadía.

Cuando la dejó sobre la cama, la contempló un momento con expresión de masculina satisfacción.

–Hoy ha hecho mucho calor...

–¿Eh?

–Creo que deberíamos empezar con un baño. ¿Qué te parece?

–Tal vez es mejor que terminemos con esto cuanto antes –repuso ella, observándolo con ansiedad.

Él rompió a reír.

–Es la primera vez que una mujer me dice algo así –comentó Leo y se sentó a su lado, meneando la cabeza con una sonrisa.

Ella se incorporó y se sentó también, sujetándose las rodillas dobladas con las manos, con una mezcla de deseo y aprensión en la mirada.

Verla así lo excitaba sobremanera. Tenía una erección tan intensa que casi era dolorosa. No tenía ni idea de cómo iba a poder contenerse durante el baño, pero sabía que tomarla brusca y rápidamente iba a tener que esperar.

–¿Es la primera vez que haces el amor con una virgen? –preguntó ella en voz baja.

–Sí –admitió él, tocándole la mejilla con suavidad–. Pero no tengas miedo, Sammy. Lo haré con cuidado. Solo necesito asegurarme de una cosa... tengo que saber si es lo que realmente quieres –inquirió con tono serio.

Sorprendida, Sammy se había esperado cualquier cosa menos eso. Había pensado que Leo era el típico hombre rico y guapo que tomaba lo que quería de las mujeres sin pensar en las consecuencias.

Lo cierto era que su relato de lo que había pasado con Vivienne Madison ya había cambiado ligeramente su opinión sobre él.

Confusa por un momento, se quedó en blanco y comenzó a comprender que el hombre que tenía delante era muy rico en matices y no un retrato en blanco y negro.

–¿Lo que quiero realmente?

–Te has pasado toda la vida esperando al hombre adecuado –señaló él con voz ronca–. Yo no soy ese hombre y nunca lo seré. No busco amor... no tengo tiempo para complicaciones emocionales. Si tuviera que describir a mi compañera ideal, sería alguien que compartiera mi visión del matrimonio. Un hombre como yo no puede ser bueno para una mujer como tú.

Sammy se apretó las rodillas con fuerza contra el pecho. Él le estaba ofreciendo una salida. Lo miró con la barbilla levantada.

–Tenías razón. Pensé que el amor y el sexo iban de la mano. No había pensado que... el deseo podía tomar las riendas de esta manera.

Impresionado, Leo pensó que ella era valiente por admitirlo. Habría sido más fácil enterrar la cabeza en la arena durante la próxima semana, tomar el dinero y dejarlo todo atrás para siempre, en vez de tener que admitir algo que para ella era incómodo y desconcertante.

–¿Quiere eso decir que deseas seguir adelante?

Sammy asintió.

–Vas a tener que hacer algo más para convencerme –dijo él con una sonrisa. La sujetó del pelo y, con suavidad, tiró de ella. La besó despacio, en profundidad.

–Quiero oírtelo decir... –susurró él.

–Yo... te deseo. Quiero seguir adelante –confesó ella. Se sentía embriagada y nerviosa, como si estuviera a punto de saltar en caída libre por un precipicio. Estaba aterrorizada y excitada al mismo tiempo.

–En ese caso, quédate donde estás.

Leo entró en el baño y abrió el grifo de la bañera. Al pensar en meterse con él dentro, Sammy se estremeció. Pero no iba a dar marcha atrás.

Leo se asomó desde la puerta del baño y, apoyado en el marco, la contempló con mirada sensual.

–La regla número uno es relajarse –dijo él, y caminó hacia ella, acariciándola con sus ojos oscuros–. La regla número dos es dejar de pensar en lo que vamos a hacer. Te aseguro que será exquisito. Y la regla número tres... –añadió, sujetándola del rostro para que sus miradas se encontraran– es que confíes en mí.

Entonces, él le tendió una mano. Ella la aceptó en silencio y se dejó llevar al baño. La bañera estaba llena de agua con aromáticas burbujas de jabón.

–Ahora... –dijo Leo, la dejó en mitad del cuarto y se apartó un poco para poder contemplarla. Ladeó la cabeza, con el índice en los labios y los ojos medio cerrados.

Sammy tuvo ganas de reírse y se sintió un poco más relajada.

–¿Qué estás haciendo?

–¿Por dónde empezar? –murmuró él–. Creo que por tu blusa.

–¡No! ¡No! –protestó ella y dio un paso atrás, tapándose el torso con las manos–. Puedo hacerlo sola.

–¿Me doy la vuelta hasta que estés a salvo cubierta por un metro de espuma?

–¡Ojalá hubiera un metro!

–No vas a escaparte tan fácilmente –señaló él, disfrutando de la novedad de estar con una mujer que no se lanzaba a sus brazos. Se acercó y, cuando ella abrió la boca, la acalló con un dedo sobre los labios–. ¿Recuerdas las reglas que te he dicho?

Sammy asintió.

–De acuerdo. Concentrémonos en la número tres. Confía en mí –dijo él, y le apartó con suavidad las manos de la blusa. Despacio, se la desabrochó, sin dejar de mirarla a los ojos, y se la quitó.

Sammy tenía la boca seca.

–Sé que no soy muy delgada –murmuró ella–. Mis pechos son muy grandes –advirtió, por si acaso él no se había dado cuenta de que hacerle el amor no iba a ser igual que cuando lo hacía con las supermodelos de cintura de avispa. Y no solo porque ella era virgen.

Leo tuvo que contenerse para no arrancarle el sujetador y comprobar por sí mismo cómo eran esos pechos exuberantes. Lo último que su dolorosa erección necesitaba era una descripción sobre su generoso tamaño.

–Eres perfecta –susurró él, cerrando los ojos un momento para no abalanzarse sobre ella.

Sammy estaba a punto de lanzarse a un interrogatorio sobre cuál era su concepto de perfección, porque ella sabía que no tenía nada de perfecta. Pero él empezó a desabrocharle el sujetador.

Soltando un grito sofocado, ella cerró los ojos cuando el trozo de ropa interior se reunió en el suelo con la blusa. Tenía el cuerpo rígido como una tabla, hasta que, enseguida, él le acarició los pechos y, con suavidad, le frotó los pezones endurecidos con los pulgares.

Leo estaba a punto de explotar. Al mirar aquellos abundantes senos con apetitosos pezones rosados, se sentía más como un adolescente excitado que como un amante sofisticado y experto. Siguió masajeándolos, jugando con los pezones mientras ella gemía con suavidad, como si le diera vergüenza hacer ruido.

Su inexperiencia no hacía más que excitar a Leo, que estaba tan caliente que necesitó más tiempo de lo habitual en él para conseguir desabrocharle los pantalones y quitárselos.

Sammy seguía teniendo los ojos cerrados. Sentía que se derretía, pero no estaba segura de qué debía hacer. Le ardía el cuerpo al imaginárselo observándola desnuda. Con valentía, intentó despojarlo de la ropa también.

—Shh... —murmuró él y le sujetó la mano.

—Esto es muy raro —dijo ella con timidez.

Sus ojos se encontraron y él asintió. Nunca antes le había hecho el amor a una virgen. ¿Habría visto ella a un hombre desnudo? Se sentiría intimidada por el tamaño de su erección. Despacio, comenzó a desnudarse, con los ojos fijos en ella, que lo contemplaba con abierta fascinación. Se había cubierto los pechos con un brazo, lo que resultaba extrañamente erótico.

Primero la camiseta, luego, Leo comenzó a bajarse la cremallera de los pantalones.

Sammy no podía apartar la mirada.

Era el hombre más sensacional que había visto y, de pronto, supo con certeza que se había pasado toda la vida admirándolo. Él nunca se había fijado en ella, pero ella había estado observándolo desde pequeña.

Y, el presente, ahí estaban...

Estaba tan excitada que tuvo que cerrar los ojos un momento, pero, aun así, seguía teniendo su imagen impresa en la retina. Hombros anchos y bronceados, brazos musculosos, cintura estrecha y estómago como una tableta de chocolate.

Cuando abrió los ojos y lo vio sin pantalones, soltó

un grito sofocado y se quedó boquiabierta. Leo sonrió.

—No puedo recordar cuándo fue la última vez que provoqué una reacción así en una mujer al ver mi cuerpo desnudo.

Sammy estaba roja como un tomate. Posó los ojos en su impresionante erección y, de nuevo, en su cara. Él seguía sonriendo.

—No te preocupes... —dijo él, leyéndole el pensamiento— el cuerpo masculino y el femenino están hechos para encajar entre sí.

Entonces, Leo la ayudó a meterse en la bañera. Era enorme, lo bastante para los dos. Pero él se quedó fuera, se arrodilló al borde y se dedicó a enjabonarla. Le masajeó el cuello y, a continuación, los pechos, hasta que estaba tan relajada que solo quería suspirar y gemir y disfrutar del intenso placer de su contacto.

Había perdido la vergüenza poco después de haberse metido en el agua. Quizá, había sido cuando él había empezado a recorrerle la espalda con sus grandes manos enjabonadas.

—¿Estás bien? —le susurró él.

Sammy asintió, incapaz de pronunciar palabra.

—¿Todavía estás nerviosa?

—No tanto —confesó ella—. Esto se te da muy bien, ¿verdad?

—Nunca había estado en esta situación. Es tan nuevo para mí como para ti.

—Pero tú tienes mucha experiencia.

—Hay otra regla que se me había olvidado, Sammy. Nada de charlas.

—Quiero decir que siempre me había imaginado que... cuando yo... sería con alguien menos... —balbuceó ella, ignorando su regla.

—Sería un poco raro encontrarse a un hombre de

más de veinte años y todavía virgen. O eso creo. Ahora,
¡deja de hablar!

Leo continuó recorriéndola con las manos, explo-
rándola. Le separó la cara interna de los muslos... con
suma delicadeza. Sus caricias eran comedidas y sin
prisa, tanto que Sammy se fue relajando más y más,
hasta olvidar cualquier sensación de aprensión.

Se estremeció cuando deslizó un dedo en su interior. Tal vez, era porque estaba cubierta de agua tem-
plada y espuma. O quizás era porque el baño estaba
en penumbra y apenas podía ver el hermoso rostro de
él. Sammy no entendía por qué, pero lo cierto era que
estaba muy relajada. Todo iba tan despacio...

Leo le acarició entre las piernas, aumentando poco
a poco el ritmo. Sabía que aquello a ella le resultaría
extremadamente íntimo y, en parte, temía que le apar-
tara la mano, presa de algún instinto puritano. Sin
embargo, cuando Sammy no hizo nada, se sintió más
complacido de lo esperable.

Quería que ella se abriera a él y eso era lo que estaba haciendo. Se le aceleró la respiración y las mejillas se le ruborizaron. Empezó a retorcerse en la bañera, lo suficiente para que el agua se agitara a su
alrededor, dejando al descubierto sus pechos resbala-
dizos. Él mantuvo el ritmo hasta que, con un profundo
gemido, ella se arqueó y llegó al orgasmo.

Sammy estaba conmocionada y avergonzada por
cómo se había dejado llevar. Había estado tan embe-
lesada por el placer que no habría podido contenerse,
aunque lo hubiera intentado.

Cuando abrió los ojos para incorporarse, lo sorprendió sonriendo.

—Lo siento —se disculpó ella.

Leo le tendió una mano y la ayudó a levantarse.

—No es para menos, porque estoy tan excitado que

me siento a punto de explotar –repuso él–. Había planeado un baño muy largo, pero voy a tener que rectificar el plan.

–¿Por qué? –preguntó ella con timidez. Entendía lo que él le decía, pero apenas se lo podía creer.

–¿Me tomas el pelo? –replicó él con una sonrisa y la erección más grande de su vida.

–Sí –confesó ella, mientras se dejaba envolver en una toalla. Al instante siguiente, se encontró en la cama con él, la misma cama que la había llenado de aprensión cuando habían llegado al hotel.

Leo se rio.

–Me gusta –dijo él y, cuando ella lo miró sin entender, explicó–: Me gusta que digas siempre lo que piensas. No te importa qué impresión puedas causar.

–¿Y eso es bueno?

–Refrescante. Las mujeres con las que salgo siempre tienen mucho cuidado en medir sus palabras y decir lo que creen que quiero escuchar.

–Pensé que a los hombres les gustaban las mujeres que les daban la razón.

–Quizás –murmuró él–. Pero basta de hablar –añadió. Guio la mano de ella hasta su erección y, cuando se la rodeó, contuvo el aliento.

Sammy le preguntó qué debía hacer. Ansiaba darle placer también. Su franca sinceridad era refrescante.

–No te preocupes por mí –dijo él con voz ronca–. Se trata de ti. Quiero que tu primera vez sea especial. Quiero que la recuerdes para siempre.

Emocionada por el momento, Sammy le dejó que se colocara encima de ella y que le sujetara las dos manos por encima de la cabeza.

Si estaba tan excitado como ella, su cuerpo estaría en llamas, y aun así, estaba dispuesto a dejar sus propias necesidades en segundo lugar para tomarse su tiempo con ella. Leo la besó en el cuello y comenzó a bajar por sus clavículas, hasta la curva de sus pechos.

Sammy entreabrió los ojos, que había cerrado, y al ver su cabeza morena sobre uno de sus pezones, contuvo un grito de excitación.

Se sentía como un gato con un plato de leche. Él le lamió el pezón, succionando y acariciándolo con la lengua. Ella gimió y gritó de placer. El cuerpo le ardía, cada vez más, ansiaba saciar su deseo.

Leo le acarició primero un pecho, luego, el otro. Era una deliciosa tortura.

Los gemidos de ella fueron creciendo, cuando él alargó la mano bajo su ombligo, entre sus piernas y comenzó a masajearla con movimientos circulares.

Leo percibió su impaciencia, sabía que ansiaba que la poseyera y él no quería otra cosa más que sumergirse en su cálido y apretado interior.

Tuvo que echar mano de toda su fuerza de voluntad para retrasarlo todavía un poco más y deleitarse recorriéndole el ombligo con la lengua, para inspirar el dulce aroma de su feminidad.

Se arrodilló entre sus piernas y se tomó su tiempo para recorrerle la cara interna de los muslos con la lengua y, después, pasar al clítoris y hundirse en su húmeda calidez.

Sammy jadeó, gimió y se retorció. Entrelazó las manos en el pelo de él, apretándole la cabeza, dejándose mecer por una increíble marea de placer.

Cuando Leo le levantó las piernas e introdujo dos dedos, al mismo tiempo que la acariciaba con la lengua, ella gritó de gozo.

Él no podía esperar más. Necesitaba poseerla.

—Te necesito ahora —rugió él con voz ronca.

Sus ojos se encontraron. Sammy asintió sin palabras. Incluso sumida en la bruma del deseo, se dio cuenta de que él paraba un momento para ponerse un preservativo. Como era virgen, debía de haber asumido que no tomaba la píldora.

Sammy sabía que estaba a punto de vivir la experiencia más increíble de su vida, pero ya no estaba nerviosa. No podía esperar para sentirlo dentro.

Leo la recorrió con un dedo para comprobar que estaba lista y, acto seguido, apuntó su miembro hacia ella.

–Leo... –susurró ella con tono de súplica. Tenía las manos en los hombros de él, las caderas arqueadas. Estaba lista.

Centímetro a centímetro, Leo la penetró. La sensación fue exquisita. Sammy nunca se había imaginado que pudiera ser así. Siempre había supuesto que el sexo sería solo una parte borrosa más del amor. Pero lo que estaba pasando no tenía nada de borroso. Sentir su erección hundiéndose en lo más profundo era algo erótico y puramente físico. Cuando ella se apretó contra él, la penetró más fuerte y en más profundidad como respuesta, sus cuerpos fundiéndose en uno solo.

Ella apenas notó una pequeña molestia. Leo era tan experto que había sabido cómo hacer que se relajara lo suficiente y que confiara en él, para entregarse sin miedo a lo desconocido.

La sensación de su apretada calidez era magnífica, igual que su cuerpo femenino y el oscuro deseo que brillaba en sus ojos. Leo trató de retrasar el orgasmo lo máximo posible, aunque se excitaba cada vez más con los gritos y gemidos de ella. Sabía exactamente cómo moverse para llevarla a lo más alto.

Solo cuando el cuerpo de ella explotó en una oleada de espasmos, presa del éxtasis, Leo se dejó llevar también. Sus cuerpos llegaron al orgasmo al unísono. Fue la experiencia más sensual que él podía recordar. Se preguntó si la explicación estaría en el hecho de que había sido virgen, un aliciente que lo había excitado de forma inimaginable.

Sammy se pegó a él, agotada, preguntándose qué pasaría a continuación. No lo había pensado antes. Había estado demasiado ocupada lanzándose a los brazos de Leo. En ese momento, le avergonzó su desnudez e hizo un pequeño amago de apartarse y cubrirse con la sábana. Pero Leo no se lo permitió.

—No me digas que ahora te vas a poner pudorosa —murmuró él, levantando la sábana y tomando a Sammy entre sus brazos—. Te he visto desnuda ya, así que no trates de taparte. Ya no tiene remedio —añadió con una sonrisa.

Sammy se estremeció. Su instinto la impulsaba a analizar lo que había pasado y pensar qué pasaría después. Era importante para ella. Despacio, empezó a comprender que había sido borrada la frontera entre la farsa y la realidad. ¿Dónde la dejaba eso? Le había entregado su virginidad a Leo. ¿Qué significaba? ¿Era el comienzo de una aventura? Ella nunca se había imaginado teniendo una aventura con nadie. O, tal vez, sería solo un encuentro de una noche, algo que había sucedido en un arrebato de pasión.

Estaba segura de que Leo no se sentía acosado por pensamientos similares. No estaba confundido ni se agobiaba pensando qué pasaría a continuación. En lo relativo al sexo, era un hombre que vivía el momento. Ambos se habían deseado y en eso había consistido todo, nada más.

Si Sammy le decía que había sido un error, sabía que él se encogería de hombros y lo dejaría atrás sin molestarse. Su farsa continuaría como si nada.

En cuanto a ella...

¿Qué podía tener de malo disfrutar un poco más,

mientras durara? En vez de reaccionar como una gallina asustada, quizá, podía tomar lo que Leo le ofrecía. Además, el hecho de que estuvieran oficialmente prometidos era la coartada perfecta. ¿Qué tenía de malo divertirse un poco?

Sammy había pasado un año y medio infernal y, por fin, tenía la oportunidad de pasarlo bien. ¿Era eso un crimen?

El teléfono de Leo sonó y él lo tomó de la mesilla. Inclinó la cabeza para leer un mensaje de texto.

Ella le acarició la espalda con la punta del dedo. Probablemente, era el gesto menos sensual que podía haber elegido, pero él respondió girándose hacia ella y tomándola entre sus brazos.

–Me gusta –dijo él, le tomó el dedo y se lo succionó, sin dejar de mirarla a los ojos–. Estoy seguro de que vas a ser una excelente alumna.

–¿Por qué dices eso?

–Ya has comprendido la regla número cuatro, antes de que te dijera cuál es.

–¿Ah, sí? ¿Y cuál es?

Sonriendo, Leo le trazó con el dedo un círculo en uno de sus pezones. Al instante, el pezón se endureció. Él se chupó el dedo antes de continuar, contemplando extasiado las pequeñas reacciones del cuerpo de su amante.

–Que tomes la iniciativa –susurró él–. Me gusta eso. Pero antes de que volvamos a divertirnos, tenemos que bajar a comer algo y hablar sobre lo que vamos a hacer mañana.

–¿Por qué? ¿No eres tú quien dijo que nada de charlas? ¿No era esa una de las reglas?

–Ya veo que aprendes rápido, sí. Pero tendrás que ser la profesora durante un tiempo –comentó él con una sonrisa–. El mensaje que acabo de recibir es de mi abogado. Adele pasará con nosotros los próximos cuatro días. Parece que es una prueba para ver si se puede adaptar a nosotros o no.

–¿Día y noche?

Leo asintió.

–Supongo que es un intento de Gail de tirar a su nieta a la piscina para demostrar que Adele es incompatible con mi estilo de vida, esté prometido o no. Está decidida a quedarse con la niña y a seguir sacándome dinero, parece ser.

–¡Cielo santo! ¿Y cómo va a demostrar algo así? ¿Va a tener espías con prismáticos escribiendo informes sobre lo que hacemos?

–Una psicóloga infantil decidirá si Adele tiene probabilidades de adaptarse a una nueva vida en Inglaterra y si se siente cómoda con nosotros.

Sammy percibió un atisbo de ansiedad en los ojos de su amante.

–¿Y qué hacemos?

–Propongo que nos escapemos a otro sitio más tranquilo, a la costa. Puedo hacer que mi abogado nos busque una casa junto al mar.

Sammy sabía que, lejos de la multitud y con una niña, su farsa iba a ser más difícil de mantener. La mayoría de los niños eran mucho más listos que los adultos a la hora de valorar a las personas y las situaciones. Leo ya no tenía que hacer creer a abogados y periodistas que estaba enamorado, una niña sería su único público.

–¿Y quieres que te enseñe cómo relacionarte con Adele? –quiso saber ella–. ¿Cómo diablos puedo enseñarte algo así?

–No he llegado tan lejos para fracasar ahora –repuso él, se incorporó en la cama y la miró.

–Los niños no son como los adultos –dijo ella con

suavidad–. No juzgan y responden mejor cuanto más natural y abierto seas con ellos.

–Entonces, tengo que ser natural y abierto.

Contemplándolo, Sammy pensó que no le iba a ser fácil. Leo tendría que dominar su costumbre de tenerlo todo bajo control. Tendría que aprender a dejarse fluir.

De alguna manera, ese pensamiento ayudaba a Sammy a fluir también y aceptar que lo deseaba, aunque eso significara no pararse a analizar adónde la llevaría su deseo. Los dos estaban actuando fuera de su zona de confort.

Ella se rio, pero él seguía serio.

–A veces, cuesta creer que compartas la misma genética que tu padre.

Leo se volvió a tumbar.

–Lo sé. Supongo que tengo que aprender a manejarme en el mundo de las emociones.

–¿Podrás hacerlo?

Leo no respondió. Empezaba a comprender la enormidad de su tarea. Dejar a Adele al cuidado de su abuela sería un desastre, pero llevársela con él iba a suponer cambios en su vida con los que no había contado. ¿Iba a ser capaz de cultivar un vínculo emocional con la pequeña? Él había tenido una infancia feliz, aunque había ido empeorando con la edad, mientras había sido testigo de los altibajos emocionales de su padre.

Por otra parte, había aprendido a guardar bajo llave sus sentimientos en lo relativo al sexo opuesto, después de haber visto lo desastroso que había sido para su padre dejarse llevar por el amor. Pero no había razón para pensar que no podría ser un buen tutor para Adele. Además, contaría con la ayuda de su padre.

–Claro que sí –afirmó él con una sonrisa–. Sobre

todo, si te tengo a mi lado para darme un tirón de orejas cada vez que veas que meto la pata –añadió y le dio un beso que la dejó temblando–. Encontraré un sitio junto al mar –señaló y comenzó a buscar en la agenda de contactos del móvil–. Tú puedes vestirte y pensar en cómo hacer de mí un buen chico. Necesito aprobar el próximo examen.

Capítulo 9

SAMMY estaba tumbada junto a la piscina, con los ojos ocultos tras unas gafas de sol que se había comprado el día que había conocido a Adele.

Todo debía salir bien.

—Si metemos la pata, la pequeña les contará a los abogados que esto es una farsa.

En los dos últimos días, Sammy había oído cosas de Gail Jamieson que le habían convencido de que, sin ningún género de dudas, era mejor que la niña no conviviera con ella. Leo se había mostrado, hasta entonces, reticente a compartir la información. Tal vez, había decidido hacerlo por fin porque su relación se había convertido en algo más que un trato de negocios.

Y, en la cama, se hablaba de muchas cosas.

—Sean era un hombre débil —le había dicho él después del primer día que habían pasado con Adele—. Hijo único, malcriado y consentido, sin disciplina. Se dejaba llevar por los demás, no tenía control sobre sus actos. Se dejaba manipular por Louise, más aún cuando su madre murió y se quedó destrozado. Por lo que solía hablar con mi padre, Sean era consciente de que ni su mujer ni él estaban preparados para criar a Adele. Y, menos aún, Gail. Hubo veces que la niña se quedó sola cuando era un bebé mientras Gail salía de noche. En una ocasión, ingresó en el hospital porque, supuestamente, se había caído por las escaleras. Pero Sean le contó a mi padre que Gail solía pegar a su nieta.

—¿Por qué diablos no se fue de allí con su hija?

—Porque era adicto a las drogas —le había contestado él con una mueca—. Sus buenas intenciones nunca se hacían realidad. No era capaz de rescatar a su hija de ninguna parte. Por eso, mi padre pensó que solo podía ayudar enviando más dinero para hacer más cómoda la vida de Adele y para pagar tratamientos de desintoxicación para Sean, que nunca dieron frutos.

—Si Gail maltrataba físicamente a la niña, entonces, te sería fácil lograr la custodia...

—Es difícil de demostrar —había señalado él—. De puertas para fuera, es una abuela abnegada que cuida de la niña que su propia hija no pudo atender.

En ese momento, contemplando a Adele, que estaba sentada en bañador junto a la piscina, Sammy empezaba a comprender la personalidad de la pequeña.

Desde que habían llegado a la casa, que era una obra maestra de modernismo con espectaculares vistas de la costa, Adele apenas le había dirigido la palabra a Leo. Se mostraba cauta y vigilante, sin una pizca de la espontaneidad que correspondía a sus cinco años. No corría, no se reía, no rompía cosas, no irrumpía en las conversaciones de los adultos.

Llevaba las ropas impecables y no parecía ensuciarse nunca. Era la niña más discreta que Sammy había conocido jamás y se le encogía el corazón al imaginarse por lo que habría pasado.

También, Leo le provocaba una gran ternura, pues se daba cuenta de que estaba haciendo todo lo posible por propiciar un acercamiento. Por desgracia, aunque la niña respondía a sus preguntas con educación, el contacto visual era mínimo y no había más interacción. En ese momento, él estaba haciendo unos largos en el agua, mientras Adele tenía la mirada perdida en el horizonte.

Sammy podía predecir la forma en que se desarrollaría el resto del día, siguiendo el mismo patrón de los días anteriores.

Tomarían el sol y disfrutarían de la piscina. Luego, irían al pueblo a comer algo y ver algunos atractivos turísticos. El día anterior, había sido un paseo por la playa, donde habían visto a los surfistas cabalgar las olas. El anterior, habían ido a la reserva de animales, donde Adele había tocado a un koala. Ese día, harían algo parecido y Leo acabaría, de nuevo, frustrado e inquieto porque no era capaz de romper el muro defensivo que Adele había construido a su alrededor.

Cuando Adele la miró, Sammy sonrió, se levantó y se acercó a la pequeña, que llevaba un bañador negro liso y unas chanclas rosas.

—Pensé que ibas a bañarte como un pececito hoy también. ¿Quieres enseñarme otra vez las volteretas que sabes dar dentro del agua?

Adele sonrió y bajó la mirada.

—Leo está en la piscina —susurró la niña.

Sammy le tomó la mano.

—No puedes dejar que sea él el único pez. Además, tú nadas mucho mejor que él. Quizás, hoy podemos comprarte un bonito bañador de sirena. ¿Te gustaría? Tal vez, también compremos una colchoneta para la piscina, ¿qué te parece?

—La abuela igual se enfada —dijo Adele, y se mordió el labio inferior con ansiedad—. Dice que es importante no pedir cosas. Solo puedo tener cosas, si no las pido.

Sammy se puso alerta, pues la pequeña rara vez mencionaba a su abuela.

–¿Y tu abuela se enfada?

Adele se encogió de hombros y no respondió.

–¿Sabes que tienes un abuelo que te quiere mucho, en Inglaterra, y tiene muchas ganas de conocerte?

Adele la miró de reojo.

–La abuela dice que ella es la única que me quiere.

–Eso no es verdad –aseguró Sammy con una sonrisa, tratando de darle confianza. Pero, por dentro, se le encogió el corazón por lo que escuchaba–. Tienes un abuelo muy cariñoso que rompería a llorar si te oyera decir eso.

Adele se rio.

–¡La gente mayor no llora!

–Espera a conocer al padre de Leo –le dijo Sammy–. Es como un oso de peluche. Pero debes tener cuidado. Es famoso por sus abrazos. Igual te agarra y no te suelta nunca. ¿Te imaginas vivir toda la vida entre los brazos de un gran oso besucón?

–No podría comer –respondió Adele, riéndose otra vez.

–Tu tío Leo tendría que darte trocitos pequeños a escondidas –bromeó Sammy, encantada con el inusual sonido de su risa.

–¿Y cómo iría a hacer pis?

–Podrías ir al baño, pero luego tendrías que seguir el camino de migas de pan hasta sus brazos de nuevo.

–Como Hansel y Gretel.

–Justo como Hansel y Gretel.

–Escaparon de la bruja mala.

–¿Quién es la bruja mala?

Adele se encogió de hombros y se puso seria. Sammy adivinó que era una señal para dejar el tema.

Más tarde, Sammy le repitió la conversación a

Leo. Eran poco más de las ocho de la noche y Adele estaba dormida. Nunca protestaba cuando era hora de acostarse. De hecho, una noche le habían dejado quedarse un rato más, pero, cuando Leo se había mirado el reloj, sin necesidad de decir nada, la niña había ido corriendo a su cuarto con su osito de peluche bajo el brazo.

Nunca pedía un cuento antes de dormir. Nunca pedía nada.

—Es como si estuviera demasiado asustada de la respuesta que puedan darle.

—¿Te sorprende? —replicó él, observándola.

El sol había teñido su piel blanca de un tono dorado. Nunca se cansaba de mirarla. Pasaba el día contando las horas para poder acostarse con ella. No estaba seguro de estar dedicándole la suficiente atención a su pequeña invitada, pues siempre tenía a Sammy en la cabeza. En ese momento, con la cena terminada, se tomó su tiempo para contemplarla.

Ella no llevaba sujetador.

El día anterior, él le había dicho que solo la idea de deslizar un dedo bajo su blusa y tocarle los pechos bastaba para producirle una erección. Y Sammy había decidido provocarlo presentándose sin sujetador.

—Me estás mirando mucho —dijo ella, sonrojándose. Los pezones se le endurecieron y la entrepierna se le humedeció. Su cuerpo respondía como un esclavo a cualquier gesto de Leo. Sentir su mirada era como una caricia que le erizaba el vello de la nuca. El sonido de su voz, masculino y profundo, despertaba imágenes de sus anteriores encuentros y hacía que se le acelerara el pulso a toda velocidad.

Parpadeando, de pronto, Sammy comenzó a atar cabos. Eran cosas que siempre habían estado ahí, esperando salir a la luz.

Había aceptado el trato de negocios y, luego, tener una aventura con él, porque había sido incapaz de negarle a su cuerpo lo que más quería.

Se había dejado llevar, diciéndose que era solo diversión, que no tenía nada de malo y que era propio de sus veintiséis años actuar así. Se había repetido a sí misma que solo se estaba acostando con un hombre que le resultaba irresistible.

Encima, Leo había sido su amor platónico de la adolescencia. Eso, sin duda, había incrementado la excitación.

Por supuesto, Sammy sabía que su aventura no iba a durar. Ambos eran demasiado distintos y sus caminos no volverían a cruzarse. Si no hubiera sido por la situación, de hecho, su relación jamás habría ido más allá de un saludo educado cuando se hubieran visto una vez al año.

Con el tiempo, encontraría al hombre adecuado para ella. Sería una persona amable, educada y con sentido del humor. No hacía falta que fuera un hombre imponente, bastaba con que fuera de aspecto agradable.

Entonces, ¿por qué se había enamorado de un millonario que estaba fuera de su alcance? ¿Por qué había elegido a un tipo que no creía en el compromiso y que nunca le había confesado sentir nada por ella, a pesar de que dormían juntos?

Se había enamorado como una idiota. Hasta los huesos. Deseó poder volver a su vida de antes, quiso poder renunciar a todo el dinero que él le había prometido, aunque eso significara renunciar a su sueño de forjarse una carrera como diseñadora gráfica independiente.

Era una pesadilla. ¿Qué diablos pensaría él, si le pudiera leer el pensamiento? Para él, solo era una aventura. Para ella, era el amor más grande de su vida.

–Tú me haces mirarte.

–¿Eh?

–Un penique por tus pensamientos –dijo él con una sensual sonrisa–. ¿Piensas en mí?

Sammy parpadeó. El corazón le latía tan rápido que parecía a punto de salírsele del pecho. Intentó sonreír también, sin conseguirlo.

–Eres muy egocéntrico.

–Ven y siéntate a mi lado –dijo él, señalando el espacio vacío que había junto a él–. No puedo mirarte sin tocarte.

–¡Adele está arriba!

–Y duerme profundamente –repuso él con tono seco–. Cuando fui a verla hace media hora, roncaba como un caballo.

Además, por la forma en que estaba diseñada la casa, no era probable que los interrumpieran. Las paredes delanteras eran de cristal, para tener unas vistas espectaculares de la costa. El edificio estaba en lo alto de un acantilado y tenía tres plantas. Desde la terraza, el paisaje del océano y el cielo infinito era sobrecogedor.

Estaban en la planta inferior, cubierta de un tipo de cristal que no dejaba ver nada desde fuera. Era una manera ingeniosa de disfrutar del entorno sin que nadie pudiera invadir su intimidad.

Por otra parte, sin embargo, no era nada probable que Adele fuera a interrumpirlos. Parecía que, entre otras cosas, la habían aleccionado para no interrumpir.

–Estábamos hablando de Adele –dijo ella, aunque su voz delató su temblor y su deseo.

–No puedo hablar contigo desde tan lejos.

–No seas tonto.

–¿Quieres que vaya a por ti? ¿Quieres que te haga

una demostración de mi instinto de hombre de las cavernas'?

Eso era lo que más deseaba Sammy. Sin embargo, en ese momento, su mente estaba bloqueada por la tristeza de pensar que, pronto, todo se acabaría. Se acercó a él y se sentó a su lado. Sin hacerse esperar, Leo la tomó entre sus brazos y la sujetó por la espalda, sentándola en su regazo.

Cuando deslizó las manos bajo su blusa y comenzó a masajearle los pechos, ella soltó un gemido de puro placer, dejándose hacer hasta que una húmeda calidez la invadió.

—Estábamos hablando de Adele —le recordó él.

—Yo... Sí... —repuso ella, jadeante. Percibía la dura erección de él bajo los glúteos—. Ella... es una situación difícil para ella, pero, en cierta forma... es... no puedo pensar cuando haces eso.

—¿Cuando te toco los pechos? Me gustaría chuparlos. ¿Puedes darte la vuelta para que los pruebe?

—¡Leo!

—Estás deseándolo y lo sabes.

Era cierto. Sammy se volvió hacia él. Los pechos quedaron justo a la altura de su boca. Ella echó la cabeza hacia atrás, mientras la devoraba, sin prisa, tomándose su tiempo. Con los ojos cerrados y los dientes apretados, disfrutó de la exquisita agonía hasta que no pudo resistirlo más y volvió a girarse, dándole la espalda, jadeante y húmeda.

—Quítate los pantalones —le ordenó él al oído.

Sammy obedeció, pero, cuando iba a quitarse las braguitas, Leo le detuvo la mano. Le ardía el cuerpo. Ese hombre le privaba de su capacidad para pensar con claridad. Lo había hecho desde el principio. Y lo haría hasta el día en que se separaran. Aunque a ella siempre le produciría el mismo efecto, aun cuando ya no estuvieran juntos. Se preguntó qué sentiría cuando, ocasionalmente, lo viera pasar con Adele.

Leo apretó la mano entre sus piernas y comenzó a frotar hasta que ella empezó a retorcerse. Luego, deslizó los dedos debajo del encaje de las braguitas. Cuando introdujo uno en su interior y comenzó a acariciarla, ella se sintió morir de gusto. Con la respiración acelerada, se dejó hacer mientras la tocaba, penetrándola con el dedo una y otra vez.

Luego, él se colocó para darle placer con la boca, deslizó su lengua dentro de ella. No tenía intención de dejarla llegar al orgasmo de esa manera, solo quería incendiarla hasta el punto de no retorno antes de poseerla.

Sus cuerpos estaban húmedos de sudor cuando Sammy estuvo a punto de perder el equilibrio, al borde del éxtasis en su boca. Leo la sostuvo e hizo una pausa, la justa para ponerse el preservativo, mientras ella lo observaba con impaciencia.

La penetró de inmediato, llenándola y, cuando empezó a moverse con rítmicas arremetidas, lo único que ella pudo hacer fue cerrar los ojos y rendirse a un mar de exquisitas sensaciones.

Sus cuerpos se movían al unísono. Sammy no creía que el sexo pudiera ser tan increíble con ningún otro hombre. ¿Cómo iba a serlo, si ella le había entregado su corazón solo a él? Se quedó rígida un instante, antes de explotar en millones de estrellas de placer, mientras él llegaba al clímax al mismo tiempo.

Poco después, Leo se quitó de encima y se puso a su lado. Estaban hombro con hombro, mirando al techo. Sammy se preguntó si el tamaño de aquel sofá del salón, un poco mayor que una cama sencilla, habría sido concebido con ese propósito. Era un lugar perfecto para trabajar o para dedicarse al ocio, invisible a ojos ajenos. Quizá, esa habitación había sido diseñada justo para lo que acababan de hacer.

Ella le comentó algo parecido, pero cuando se giró hacia él lo sorprendió mirándola con intensidad y expresión especulativa.

–¿Qué?

–Supongo que vas a quedarte un poco conmocionada por lo que estoy a punto de decirte.

–¿Qué? ¿Qué vas a decirme? –preguntó ella. Mientras esperaba una respuesta, el corazón se le aceleró a galope tendido, imaginándose un millar de posibles situaciones.

–¿Quieres casarte conmigo?

Sammy se quedó boquiabierta. Dudó si había escuchado bien. Pero, por la forma en que la observaba, con intensidad y atención, supo que así era.

Primero, una inmensa felicidad la invadió. ¡No se había atrevido a soñar que Leo correspondiera su amor! Había sido siempre muy reacio al compromiso. Y le había dejado bien claras las reglas de aquella farsa. Sin embargo, si ella había sido víctima de las flechas de Cupido, ¿por qué no podía haberle pasado lo mismo a él?

–¿Casarme?

–Entiendo que es una proposición inesperada, pero... creo que no tuve en cuenta la situación global cuando me embarqué en esta aventura para rescatar a Adele de su abuela –señaló él, mientras se incorporaba y se subía los pantalones, sin molestarse en ponerse la camiseta.

–¿Qué quieres decir?

–Mi padre estaba desesperado por llevar a Adele a Inglaterra. Por sus comunicaciones con Sean, había inferido lo peor y yo estaba de acuerdo con él. Incluso Sean quería que la niña viviera en Inglaterra, lejos de su abuela materna.

Sammy apenas podía seguir su argumento. Estaba demasiado ocupada pensando de dónde había salido aquella proposición de matrimonio. La excitación, enseguida, dio paso a la confusión.

–Sí...

–Yo esperaba que la parte difícil sería hacer que la abuela entrara en razón. En otras palabras, me había centrado solo en ganar la custodia y no había tenido en cuenta otras consideraciones.

–De acuerdo... –dijo ella. Se sentía ridícula desnuda en el sofá mientras él estaba con los pantalones puestos. Así que se vistió, percibiendo todavía la sensación de su poderoso miembro dentro de ella.

Incorporándose en el sofá, lo observó en silencio.

–He comprendido que tener una niña alteraría la dinámica de mi vida.

–¿No me digas?

Leo hizo una mueca.

–Me merezco tu sarcasmo –dijo él con gesto de rendición–. He sido un ingenuo.

–Estás acostumbrado a salirte siempre con la tuya.

–También pensé que Adele sería... menos tozuda. No tengo experiencia con niños, pero, en mi mente, pensé que esto era una misión de rescate y que, por lo tanto, la niña se sentiría gozosa de ser rescatada.

–En vez de eso, tienes una niña pequeña llena de problemas y ansiedades –continuó ella–. A pesar de que quedarse en este país con su abuela puede ser lo peor para ella, es lo único que conoce y prefiere aferrarse a lo malo conocido.

–Me tiene miedo –reconoció él–. Cada vez que intento hablar con ella, se cierra en banda. Cuando me acerco demasiado, incluso si sigo tus instrucciones de agacharme para ponerme a su nivel cuando hablo con ella, parece a punto de tener un ataque de pánico.

–Solo tiene que acostumbrarse a ti. Es cuestión de tiempo. Ya lo verás.

–Aprecio mucho tus palabras de ánimo, pero no tengo mucho tiempo antes de que se decida el caso. Si se decide que vuelva a casa conmigo, lo que creo que sería un resultado favorable, entonces, no habré tenido tiempo de formar un vínculo con ella –explicó Leo y observó a su interlocutora con gesto especulativo–. Tú le gustas. Se siente segura contigo.

Sammy no dijo nada. La felicidad que le había suscitado su proposición de matrimonio se hizo pedazos. Por fin, entendía adónde iba él a parar.

–Y quieres casarte conmigo porque crees que así las cosas serán más fáciles para Adele.

Leo se sonrojó.

–Yo no lo diría con esas palabras.

–Entonces, ¿cómo lo expresarías?

–Lo que empezó siendo una farsa necesaria para ganar la custodia ha dejado de ser una farsa. Somos amantes y disfrutamos del sexo juntos. Además, te has ganado el cariño de Adele. Confía en ti y sería mucho más fácil para ella ir a Londres si te tuviera cerca. Siempre que consigamos nuestra misión, claro –señaló él.

–Me has pagado una gran suma de dinero –observó ella con tono frío–. Me podías haber pedido solo que me quedara a tu lado durante un par de semanas, hasta que la niña se acostumbre a su nueva vida en Inglaterra.

–Podía haberlo hecho –repuso él–. Pero he pensado que el matrimonio puede ser buena idea. No puedo retomar mi antigua vida con una niña en mi casa.

–Entonces, lo que me propones es otro trato de negocios –señaló ella, heladora.

–¿Desde cuándo el sexo puede considerarse un trato de negocios?

Inquieta, molesta, Sammy se puso en pie y se acercó hasta las enormes ventanas, tratando de sofocar la rabia y el dolor. Lo último que había soñado en su vida era un matrimonio sin amor.

–Supongo que no se te habrá ocurrido pensar que a lo mejor quiero algo más de la vida que casarme por conveniencia.

Leo apretó la mandíbula. Se preguntó si había presentado su propuesta de la forma adecuada, pero cómo podía haberlo hecho, si no. ¿Y por qué lo atacaba ella? Le había ofrecido matrimonio. Era una buena idea, no solo para él. También para ella. Se llevaban bien y el sexo era genial. Sería una madre adoptiva excelente para Adele. A todo eso se unía, por supuesto, su inmensa fortuna. ¿Era una perspectiva tan despreciable?

Sammy había llegado virgen hasta él. Lo más probable era que el hombre de sus sueños no se le hubiera presentado con un anillo debajo del brazo. Ella debía de ser lo bastante práctica como para reconocer que ese hombre no existía.

En cualquier caso, Leo se sentía ofendido. Le había ofrecido casarse con ella, lo único que jamás le había ofrecido a ninguna mujer antes, ella lo había rechazado. Algo que ninguna otra habría hecho nunca.

–Solo quieres casarte conmigo porque es buena idea –señaló ella con tono amargo y decepcionado. Se odió a sí misma por haberse imaginado que, tal vez, la amaba. Había olvidado el juego que habían estado jugando. Había olvidado que se había acostado con ella movido solo por el deseo y, como ya eran amantes, le parecía buena idea casarse con ella porque había entablado una buena relación con Adele.

–Recuérdame qué tiene de malo que el matrimonio sea buena idea –pidió él con los dientes apretados–. Mira la unión desastrosa de mi padre con la madre de

Sean y la de Sean con Louise. La lista es interminable, ya lo sabes. Las emociones tienen la mala costumbre de sabotear las buenas intenciones.

—No —negó ella. No tenía sentido enumerar todas las razones por las que no podía casarse con él. La más importante era que no la amaba y, cuando uno decidía pasar el resto de sus días con alguien, el amor debía estar en la ecuación.

Leo quería utilizarla como un remiendo en su vida porque iba a adoptar a una niña pequeña y, si estaba casado con ella, volver a su vida cotidiana le resultaría más fácil. Ella podía ocuparse de la crianza, mientras él se centraba en su trabajo.

Casarse con ella era la solución más fácil y egoísta a una compleja situación que él no había previsto con antelación.

Sammy comprendía que, para él, hacerle tal proposición debía de ser un gran honor. Sabía que las mujeres se pelearían por poder estar en su lugar e ir de su brazo al altar. Ante todo, no podía dejarle saber que lo amaba y que casarse sin ser correspondida sería una tortura para ella.

Además, aunque se sentía atraído por ella en el presente, ¿cuánto tiempo tardaría en cansarse? Sin el amor para unir la relación, ¿se dedicaría él a tener aventuras con otras mujeres? ¿Cómo podían serse fieles, si su matrimonio se basaba solo en el compromiso? Antes o después, ella sería prescindible. Con el tiempo, Leo formaría un vínculo con Adele y ella ya no le sería útil. Entonces, ¿lamentaría él su impulsiva proposición?

La idea tenía más agujeros que un colador. Sin embargo, Sammy sabía que, si rechazaba su oferta, el resto de su estancia en Melbourne sería incómoda y tensa. Y ella se había acostumbrado a disfrutar de la relación fácil y sensual que mantenían.

Pero debía rechazarla.

–No puedo casarme contigo –explicó ella–. Quiero algo más de la vida que atarme a alguien por las razones equivocadas. Si te preocupa cómo se adaptará Adele, si consigues la custodia, solo necesitas contratar a una niñera –le espetó, mirándolo a los ojos–. Si empleas a una guapa, incluso igual terminas acostándote con ella. No tienes que llevarme al altar para conseguir tu propósito. Ahora, si me disculpas, creo que me daré una ducha... y me acostaré.

Capítulo 10

LEO ESTABA sentado ante la pantalla de su ordenador. Como siempre a esas horas de la tarde, la oficina estaba tranquila. En circunstancias normales, habría aprovechado la paz y la quietud para ponerse al día con la enorme cantidad de trabajo pendiente que tenía.

Por desgracia, las circunstancias habían perdido toda normalidad desde hacía un tiempo.

Aun así, su situación no podría ser más normal. Había ganado la custodia de Adele. La psicóloga infantil había hecho un trabajo concienzudo y había examinado a la pequeña mediante dibujos y juegos. Había sacado a la luz que estaba llena de miedos en lo relativo a su abuela, algo que no le sucedía con Leo y Sammy. El proceso de formación de vínculo había empezado y la psicóloga había llegado a la conclusión de que aquella niña callada y tímida estaba dispuesta a encarar el futuro con una pareja que le permitiría ser una niña, sin miedo a ser reprimida. Irónicamente, su farsa había convencido a todos y los expertos habían concluido que el amor de la pareja le daría a Adele la seguridad que necesitaba.

Además, la separación entre la niña y su abuela había sido menos traumática de lo esperado, gracias a la gran cantidad de dinero que Leo le había entregado a Gail. También, habían acordado llevarle a la niña una vez al año. Aceptando su derrota, Gail había abandonado su actitud beligerante y se había vuelto una mujer deseosa de ayudar.

Eso había pasado hacía dos meses.

Antes de salir de Melbourne, había ordenado a su asistente personal que supervisara la decoración del nuevo cuarto de Adele, un proyecto que, gracias a no escatimar en gastos, se había terminado en un tiempo récord.

Una semana después de que hubieran ganado la custodia, su enorme ático de Londres había quedado convertido en un hogar apto para niños.

Sammy había ido más allá de sus obligaciones y se había quedado un par de semanas más después de su regreso.

Leo frunció el ceño. Le había tirado a la cara su proposición de matrimonio. Con educación, le había explicado que las circunstancias habían cambiado y que ya no se sentía cómoda siendo su amante. Y había actuado como si nada hubiera pasado entre los dos. Se había convertido solo en una amiga distante, representando el papel para el que la había contratado. Se había pasado el resto del tiempo que estuvieron en Melbourne ocupándose de Adele, actuando con cordialidad con él y zambulléndose en la lectura por las noches, en la terraza principal con vistas al mar.

Leo no había podido comprender por qué ella lo había rechazado.

Lo que entendía era que Sammy se había alejado de su vida y que le había dejado un inexplicable vacío.

No podía parar de pensar en ella.

No podía concentrarse en nada.

Muchas veces, quería hablar con ella sobre Adele, conocer su opinión sobre los progresos de la niña. Deseó tenerla cerca para que lo felicitara por sus propios avances con la pequeña, con aquella cálida sonrisa suya que tanto echaba de menos.

Había contratado a una excelente psicóloga infantil para que fuera a ver a Adele tres veces a la semana, para que pudiera prevenir cualquier problema y aconsejarle. Sammy lo hubiera aprobado. También había empleado a una joven niñera que trabajaba a tiempo parcial en el colegio donde había inscrito a la niña. Por otra parte, había hecho un gran esfuerzo por recortar su horario de trabajo y se pasaba todos los fines de semana con su padre, que estaba muy feliz de tener allí a su nieta.

De hecho, aquella era la primera vez que se quedaba hasta tarde en la oficina, pues Adele se había ido a pasar el fin de semana a casa de su padre.

Se reuniría con ellos a la hora de comer al día siguiente.

No podía dejar de preguntarse si Sammy habría pasado el día con la niña y su padre. Sabía que se veían de vez en cuando. Pero el orgullo le impedía pedirle a su padre información sobre ella.

Sin embargo, el orgullo no era buen compañero de cama y su cama estaba más fría que nunca. No tenía ningún interés en invitar a otra mujer.

Con un suspiro de frustración, Leo se miró el reloj. Eran más de las ocho y apenas había avanzado algo en su trabajo.

No podía seguir así. Acostumbrado a pensar que todo problema tenía solución, tomó una decisión. Tardaría varias horas en llegar a Devon, pero la única manera de sacarse de la cabeza a esa mujer era enfrentarse a ella.

Se habían separado con demasiadas cosas sin resolver. En los últimos días, se habían limitado solo a la charla superficial y a sonrisas de cortesía. Ella le había evitado la mirada siempre que había podido.

Necesitaba hablar con Sammy...

Leo respiró hondo. Tenía que indagar en su alma para encontrar la respuesta. Y le resultaba difícil, pues no estaba habituado a adentrarse en terreno emocional.

Por eso, se centró en la logística de su plan. Pensó cómo era mejor llegar a Devon un viernes por la noche. Dudó si avisar a su chófer, de forma que él pudiera trabajar en el asiento trasero.

Al final, sin embargo, decidió conducir él mismo.

Le gustaba ir al volante de su sofisticado coche deportivo. Quizás, le ayudaría a despejarse la mente. No necesitaba hacer la maleta, pues guardaba algo de ropa en su cuarto de la casa de campo de su padre.

Pisó el acelerador en cuanto dejó atrás el caos del tráfico londinense. Una sensación de libertad lo invadió, tal vez, porque por fin iba a tomar cartas en el asunto para poner orden en el caos emocional en que se encontraba desde que Sammy había entrado en su vida.

Por la mañana, hablaría con ella.

Le haría una visita civilizada. Le preguntaría qué tal estaba. Escuchar su voz le ayudaría a llenar el molesto vacío que ella había dejado. Al verla en carne y hueso de nuevo, sería capaz de bajarla del pedestal en el que la había colocado y de verla como lo que era: una joven sencilla y agradable que no encajaría en su ajetreada vida en Londres.

Había sido una aventura pasajera, pero, a causa de la forma en que había terminado y de que había sido ella quien lo había dejado, se había quedado con una extraña desazón, se dijo a sí mismo.

El orgullo herido podía curarse. Sin embargo, antes tenía que restablecer la normalidad entre ellos, en vez del helador silencio que los envolvía en el presente.

Francamente, Leo sentía que necesitaba verla para poder dominar las riendas de sus emociones desbocadas.

Adele se pondría contenta de verlo, pensó, sonriendo. Cada tímida sonrisa que la pequeña le dedicaba valía su peso en oro.

Leo nunca había tenido mucho instinto paternal y había aceptado que tener a Adele bajo su tutela era una tarea honorable, pero empezaba a saborear el dulce sabor del amor incondicional y sin complicaciones de un niño.

Estaba empezando a descubrir que no tenía nada de aburrido leer un relato de tres líneas con enormes palabras llenas de faltas de ortografía. Ni era una pérdida de tiempo esforzarse para intentar hacerle una trenza terminada con un gran lazo rosa. Adele seguía sin hablar demasiado, pero, al menos, no se escondía cada vez que lo veía. La niñera y la psicóloga le habían sentado muy bien, pero el verdadero milagro había empezado bajo la atenta mirada de Sammy en Melbourne.

Mientras su coche devoraba los kilómetros que lo separaban de Londres, su mente no podía dejar de darle vueltas a todo lo que tenía que ver con ella.

Pero no quería aferrarse a ningún pensamiento en especial. Incluso, en cierto momento, pensó que la única forma de quitarse a Sammy de la cabeza era acostarse otra vez con ella.

Era algo incomprensible. Leo jamás había perseguido a una mujer que lo hubiera rechazado, sobre todo, si lo que había rechazado había sido una proposición de matrimonio.

Sin embargo, el recuerdo de su sensual cuerpo todavía lo excitaba y revivía la tentación de intentar volverse a acostar con ella.

Casi sin fijarse en los alrededores, atravesó Bristol y se dirigió hacia el campo.

Apenas fue consciente tampoco de dejar atrás la ruta habitual para ir a la mansión de su padre, mientras se dirigía a la pequeña carretera que llevaba a casa de Sammy.

Conocía el camino.

Lo había recorrido en dos ocasiones. La primera, cuando los tres habían llegado a Devon y había llevado a Adele a conocer a su abuelo y, después, a la madre de Sammy. La segunda vez, había encontrado alguna excusa para regresar con la pequeña. Pero Sammy no se había encontrado en casa. Y él no le había preguntado a su madre dónde estaba.

Era poco más de medianoche cuando Leo aparcó delante de la pequeña casa. Estaba todo oscuro. Al parecer, en algún momento del camino, habían cambiado sus planes de hacerle una visita civilizada al día siguiente por la mañana.

Sammy oyó algo fuera y se despertó al instante, aunque tardó unos segundos en comprender qué ruido era ese. Cuando se dio cuenta de que era un coche, se alarmó. Confundida, se sentó en la cama y contuvo el aliento.

Esperó un momento, por si habían sido imaginaciones suyas o había sido una pesadilla. Una de las muchas que poblaban su descanso desde que había regresado a Devon.

Su vida debería haber sido de color de rosa. Leo la había colmado de dinero, tal y como había prometido. Tenía un excelente estudio donde trabajar, estaba cerca de su madre, cuya salud mejoraba cada día pues ya no estaba estresada por preocupaciones económicas. Había aceptado un trabajo a tiempo parcial en un colegio cercano para poder seguir trabajando con otras personas, pues el trabajo de diseñadora gráfica podía ser muy solitario. Dos tardes a la semana, iba a ayudar con las clases de apoyo. El colegio tenía un ambiente estupendo y alegre y se llevaba muy bien con las demás maestras.

Pero, tras las sonrisas y la alegre fachada de su vida perfecta, no podía dejar de pensar en Leo y en la breve relación que habían mantenido.

Ella sabía que había hecho lo correcto al rechazar su proposición de matrimonio. Sin embargo, en vez de ayudarla a seguir con su vida, esa decisión la había dejado presa de un torbellino de emociones insatisfactorias. También, echaba de menos a Adele. Se habían hecho amigas y, aunque la había visto en algunas ocasiones desde que había regresado a Devon, le habría gustado verla más y poder desempeñar un papel más importante en su vida.

El sonido de un golpeteo en la ventana la sacó de repente de sus pensamientos. Con cautela, se acercó a la ventana, sin encender ninguna luz, y apartó la cortina un poco, lo justo para poder ver sin ser vista.

El corazón se le aceleró a toda velocidad y se le quedó la boca seca. Contra todo pronóstico, quien estaba allí era Leo.

Leo, el hombre más imponente del mundo, le estaba tirando chinitas a la ventana. ¿Cómo sabía él cuál era la suya?, se preguntó ella. Enseguida, comprendió que no debía de haber sido difícil. Era una casa pequeña y, por razones de movilidad, era obvio que el dormitorio de la planta baja debía de ser el de su madre.

Sammy descorrió las cortinas y abrió la ventana.

–¡Leo! ¿Qué diablos estás haciendo?

«Buena pregunta», pensó él. Se metió las manos

en los bolsillos y la miró con gesto acusador. De golpe, la confusión de ella se transformó en pura rabia.

¿Cómo se atrevía él a presentarse en su casa para causarle más problemas, cuando ella lo único que intentaba era olvidarlo? ¿Qué derecho tenía a jugar con sus sentimientos, apareciendo en medio de la noche sin avisar?

Sammy bajó las escaleras a toda prisa, pero sin hacer ruido para no despertar a su madre. No quería darle falsas esperanzas. Cuando había vuelto de Australia con la misión cumplida y el compromiso roto, le había dado la sensación de que su madre se había sentido decepcionada. Y, cuando la mujer mayor había sacado el tema alguna vez, ella se había limitado a quitarle importancia y hablar de otra cosa.

¿Qué pasaría si su madre se despertara y la encontrara hablando en secreto con Leo en su puerta, a esas horas de la noche? ¿A qué falsas conclusiones podía llegar?

Eso mismo le hacía volver a la pregunta inicial. ¿Qué hacía él allí? Cuando abrió la puerta y no lo vio, se asomó con cuidado al jardín.

Llevaba solo una camiseta de gran tamaño con las zapatillas de andar por casa. Al instante, el fresco aire nocturno le dio un escalofrío. Se cruzó de brazos para darse calor y llegó hasta la esquina de la casa, donde lo encontró apoyado en la pared. Estaba tan guapo y tan masculino que se quedó sin respiración al verlo.

–Leo... –murmuró ella, intimidada por su lenguaje corporal y por la mirada que él le dedicó–. ¿Qué estás haciendo aquí? –inquirió con la respiración entrecortada, devorándolo con los ojos como un hambriento ante un banquete.

Entonces fue cuando Leo cayó en la cuenta de su impulsividad y su actitud infantil. ¿Cómo había podido acabar allí a esas horas para tirarle piedrecitas a la ventana como un quinceañero? Al instante, se puso rígido, a la defensiva.

Nunca en su vida había hecho nada parecido, ni había mostrado tan evidente falta de autocontrol. Al fijarse en lo escasamente vestida que ella estaba, sin embargo, su cuerpo amenazó con reaccionar de forma más impulsiva todavía.

—¿Vas a invitarme a entrar? —preguntó él sin sacarse las manos de los bolsillos—. Pensé que era mejor no tocar el timbre, por si tu madre estaba dormida.

—¿Por qué has venido?

—Yo... —dijo él, y apartó la vista—. Tenía que hablar contigo.

—¿A estas horas?

—He venido conduciendo directo desde Londres —confesó él en voz baja.

—Podías haberme llamado por teléfono.

Puesto en evidencia de nuevo, Leo apretó los puños, frustrado por no saber cómo tomar las riendas de la situación.

—Necesitaba verte. Necesitaba hablar contigo cara a cara, pensé que, si te llamaba, a lo mejor ignorabas el teléfono. No quería arriesgarme —dijo él.

Sammy se giró con el corazón acelerado y lo guio hasta la entrada. Apenas era consciente de cómo estaba vestida ni de cómo se le marcaban los pezones endurecidos a través de la camiseta.

Intentó no pensar en el impacto que le producía verlo, mientras cerraba la puerta de la cocina tras ellos. Las reacciones de su propio cuerpo solo servían para recordarle lo vulnerable que era en todo lo que tenía que ver con él.

—Seguro que lo que tengas que decirme puede esperar a mañana. ¿Está relacionado con Adele? Sé que has estado buscando colegios para ella en Londres.

—¿Cómo lo sabes?

—Porque tu padre me lo dijo —reconoció ella, sonrojada, y encendió la cafetera con manos temblorosas.

—¿Has estado hablando de mí con mi padre? —preguntó él, con un atisbo de esperanza.

—¡No! —negó ella, volviéndose de golpe hacia él—. Me lo mencionó de pasada. No puedo imaginarme por qué razón te has presentado aquí, a menos que te sientas presionado para pedirme consejo sobre colegios. ¡Lo que, en cualquier caso, no tiene ningún sentido! Es la clase de tema que podía haber esperado hasta mañana. Así que ¿por qué no me explicas qué estás haciendo aquí? —repitió, notando cómo le subía la temperatura bajo la intensa mirada de él. De pronto, comprendió por qué había ido a verla al amparo de la noche, ¡sabiendo que encontraría a su madre dormida!

Aunque no podía ser tan arrogante como para buscar una segunda oportunidad de meterse en su cama con la intención de ser él quien la dejara en esa ocasión, ¿o sí?, se dijo Sammy. Parecía increíble, pero ¿qué otra razón podía haberlo llevado hasta allí? No se le ocurría ninguna otra explicación. Y lo peor era que, al mirarlo, sentía la tentación de rendirse a sus deseos y llevarlo al dormitorio en cuanto él se lo pidiera.

—Yo... —balbuceó Leo, algo muy poco común en él—. Tenía que venir —añadió en un susurro—. Rechazaste mi proposición de matrimonio.

—¿Has venido desde Londres a tirar chinas a mi ventana solo para decirme eso?

—Te he explicado por qué no llamé al timbre.

—Pero sigo sin saber qué haces aquí.

—No he podido dejar de pensar en ti —admitió él—. No puedo creer que me rechazaras.

—Porque estás demasiado acostumbrado a salirte

con la tuya –dijo ella, dolida, bajando la mirada para tomar un sorbo de café.

Esperó que él no notara que le temblaban un poco las manos. Cada poro de su cuerpo reaccionaba a su presencia y despertaba deseos que no eran convenientes. ¡No era justo!

–¡No puedes presentarte aquí y soltarme ese tipo de cosas!

–Es la verdad. Me quitas el sueño –dijo él, suspirando con frustración, incapaz de encontrar las palabras adecuadas para expresarse–. Cuando me rechazaste, pensé que sería capaz de olvidarlo en un abrir y cerrar de ojos. Nunca había dejado que los sentimientos interfirieran en mi vida privada. Siempre he sabido dónde estaban mis prioridades. Mi padre fue un buen ejemplo para mí de lo desastroso que es dejarse llevar por los impulsos del corazón. La verdad es que no he dejado de pensar en ti un solo día. Y, cada día, pienso que pronto recuperaré el sentido común y podré continuar con mi trabajo y con mi vida...

Sammy se sintió decepcionada. Pensó que Leo no estaba más que confirmando lo que ella había concluido por sí misma. Había ido a verla porque no había podido encajar su rechazo, sobre todo, de algo tan serio como una proposición de matrimonio.

–No voy a acostarme contigo porque... me eches de menos –afirmó ella.

Leo se sonrojó. Sí, la echaba de menos. Era una debilidad de la que no estaba orgulloso, pero que tampoco podía combatir.

No se atrevía a preguntarle si ella también lo había echado de menos. ¿Y si la respuesta era «no»? Nunca antes se había sentido tan inseguro.

Sammy contempló cómo él bajaba la mirada. Ansiaba acariciar su rostro, pero se contuvo.

–El problema no es solo que te eche de menos –continuó él, dándose cuenta de que ese era el núcleo del caos emocional en que llevaba semanas sumido–. Es más que eso. Siento algo por ti.

–¿Sientes algo? ¿Qué? –inquirió ella, negándose a hacerse falsas esperanzas. Era demasiado doloroso.

–Necesito que estés conmigo, Sammy.

–Crees que me necesitas a causa de Adele.

–Esto no tiene nada que ver con Adele. Mi relación con ella mejora día a día. No. Se trata de lo que siento por ti. Desde que entraste en mi vida, todo ha cambiado y mis prioridades no son las mismas. Eres cálida y divertida e inteligente y esas cosas deberían haberme alertado sobre la verdadera razón por la que te pedí que te casaras conmigo.

–¿Cuál es la verdadera razón? –quiso saber ella, conteniendo el aliento.

–Te quiero, Sammy. Me enamoré de ti en Melbourne, pero no quería reconocerlo porque asociaba el amor a la clase de excesos que siempre había visto a mi alrededor.

–¿Me quieres?

–Te quiero con todo mi corazón –aseguró él con ojos brillantes de emoción–. No quise recordar cómo mi padre amaba a mi madre. Siempre me centré en su experiencia con su segunda mujer, porque quizá era más mayor y me impactó más. Perdió una fortuna con una mujer que lo utilizó sin compasión y se aprovechó de él. Por eso, yo decidí vivir mi vida de forma más práctica y alejada de enredos emocionales. Cuando empecé a amarte, me dije a mí mismo que era solo deseo. Me resultaba más cómodo lidiar con el deseo. Debería haber comprendido que te amaba, en el momento en que te pedí que te casaras conmigo.

–Te rechacé porque necesitaba que me amaras

–contestó ella con el corazón henchido, mientras entrelazaba sus dedos con los de él–. Sabía que me había enamorado de ti y sabía que, si solo buscabas una madre apropiada para Adele, no tardarías mucho en cansarte de mí y en arrepentirte de haberte casado conmigo. No sé cuántas veces me he preguntado a mí misma si tomé la decisión acertada al rechazarte –confesó–. Tenía que repetirme todo el rato que no me amabas y que eso me haría mucho daño. Cuando te vi aparecer aquí esta noche... la verdad es que creí que habías venido a seducirme. Y probablemente me habría costado un mundo resistirme.

–¿Quieres casarte conmigo, Sammy? No puedo vivir sin ti. Le das sentido y alegría a mi vida.

Con lágrimas en los ojos, ella sonrió y le rodeó el cuello con los brazos.

–Sí quiero.

Al día siguiente, anunciaron su compromiso a Adele y a sus padres. Habían esperado que todo el mundo se sorprendiera. Sin embargo, la madre de Sammy se limitó a intercambiar una pícara sonrisa con el padre de Leo.

–Te lo dije –señaló la madre de Sammy.

–Tú ganas –repuso Harold, riéndose–. Recuérdame que no vuelva a hacer nunca una apuesta con una mujer –le pidió a su hijo, guiñándole el ojo–. Esta mujer nunca dudó que acabaríais juntos.

Adele, sentada entre los dos, miró emocionada a sus padres adoptivos.

–¿Puedo ir vestida de rosa a la boda?

Bianca

No descansará hasta que ella sea su esposa

El magnate naviero Ariston Kavakos sospecha que Keeley Turner, una rubia espectacular, es una cazafortunas como su madre. Y el único modo de alejarla de su hermano es hacerle él mismo una proposición: un mes de empleo, a sus órdenes, en su isla privada.

Keeley acepta de mala gana la oferta de Ariston, obligada por la mala situación económica de su familia. Su resistencia al atractivo de él y a la química que hay entre ellos no tarda en debilitarse. Pero la noche espectacular que pasan juntos tiene una consecuencia no prevista…

SHARON KENDRICK
TRAICIÓN ENTRE LAS SÁBANAS

TRAICIÓN ENTRE LAS SÁBANAS

SHARON KENDRICK

Acepte 2 de nuestras mejores novelas de amor GRATIS

¡Y reciba un regalo sorpresa!

Oferta especial de tiempo limitado

Rellene el cupón y envíelo a
Harlequin Reader Service®
3010 Walden Ave.
P.O. Box 1867
Buffalo, N.Y. 14240-1867

¡Sí! Por favor, envíenme 2 novelas de amor de Harlequin (1 Bianca® y 1 Deseo®) gratis, más el regalo sorpresa. Luego remítanme 4 novelas nuevas todos los meses, las cuales recibiré mucho antes de que aparezcan en librerías, y factúrenme al bajo precio de $3,24 cada una, más $0,25 por envío e impuesto de ventas, si corresponde*. Este es el precio total, y es un ahorro de casi el 20% sobre el precio de portada. !Una oferta excelente! Entiendo que el hecho de aceptar estos libros y el regalo no me obliga en forma alguna a la compra de libros adicionales. Y también que puedo devolver cualquier envío y cancelar en cualquier momento. Aún si decido no comprar ningún otro libro de Harlequin, los 2 libros gratis y el regalo sorpresa son míos para siempre.

416 LBN DU7N

Nombre y apellido	(Por favor, letra de molde)

Dirección	Apartamento No.

Ciudad	Estado	Zona postal

Esta oferta se limita a un pedido por hogar y no está disponible para los subscriptores actuales de Deseo® y Bianca®.
*Los términos y precios quedan sujetos a cambios sin aviso previo.
Impuestos de ventas aplican en N.Y.

SPN-03

©2003 Harlequin Enterprises Limited

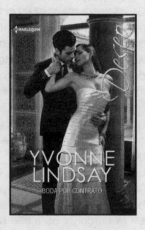

Bianca

Venganza… ¡por seducción!

La última persona a la que Calista esperaba ver en el funeral de su padre era al arrogante multimillonario Lukas Kalanos. Cinco años antes, después de haber perdido su inocencia con él, Lukas había traicionado a su familia y había desaparecido, dejando a Callie con algo más que el corazón roto.

Lukas quería vengarse de la familia Gianopoulous por haber hecho que lo metiesen en la cárcel, y para ello había decidido seducir a Callie. Esta pagaría por los graves perjuicios del pasado, y pagaría… ¡entre sus sábanas!

Pero el descubrimiento de que Callie tenía una hija, una hija que también era suya, fue una sorpresa que iba a cambiar sus planes de venganza. ¡Calista tenía que ser suya!

DULCE VENGANZA GRIEGA

ANDIE BROCK